麋 鹿 纪

| 树 深 时 见 鹿 |
| 书 深 时 耐 读 |

回望过去,
我曾经深深地怨恨过,
怨家庭的不幸,恨情爱的凉薄。
现在想想,哪有什么爱恨滔滔,
比起所得,那些失去更有价值。

这么多年唯一学会的一件事情就是不回头，
我相信最好的风景永远在前面。

伤害你最深的人，
往往也是你最好的救赎。
这个世界就是这样，
你要向它讨一点柔情，
总是会付出些代价的，
但最终，
我们都会遇到那个对的人，
然后相互陪伴，终老一生。
我们唯一能做的，
就是原谅以及忘记，
然后祝福自己。

如果最后是你
晚一点
又有什么关系

夏知凉 著

LOVE YOU
TILL FOREVER

北京联合出版公司
Beijing United Publishing Co.,Ltd.

图书在版编目（CIP）数据

如果最后是你，晚一点又有什么关系 / 夏知凉著. -- 北京：北京联合出版公司，2017.5

ISBN 978-7-5596-0300-5

Ⅰ.①如… Ⅱ.①夏… Ⅲ.①短篇小说—小说集—中国—当代 Ⅳ.①I247.7

中国版本图书馆 CIP 数据核字 (2017) 第 088059 号

如果最后是你，晚一点又有什么关系

作　　者：夏知凉
出 品 人：唐学雷
责任编辑：杨　青　徐秀琴
装帧设计：小茜设计

北京联合出版公司出版
（北京市西城区德外大街83号楼9层　100088）
北京联合天畅发行公司发行
三河市金元印装有限公司印刷　新华书店经销
字数：218千字　889 mm×1194 mm　1/32　印张：10.25
2017年5月第1版　2017年5月第1次印刷
ISBN 978-7-5596-0300-5
定价：33.00元

未经许可，不得以任何方式复制或抄袭本书部分或全部内容
版权所有，侵权必究
如发现图书质量问题，可联系调换。质量投诉电话：010-68210805　64243832

自　序

七月，云卷云舒，听一首歌，等一个日落，我在对一些人的思念中，写下了这些故事。

说起来略微有些沉重，在此之前，确实经历一些比较糟糕的事情，让我不得不远离人群，选择独处。

可人生就是这样，磕磕绊绊，风一程雨一程，错过了花开，或许就收获了秋实。

而当一切都过去以后，会慢慢发现，命运赠予的或好或坏，都将在时间里变得平淡。

怀着这样一种心情，写下了这些文字，有温暖，也有微凉，如同我们所经历过的那些岁月一样，不期而遇，不告而别。

无论青春年少，还是成家立业，你都将在这些故事里，找到另一个自己。

在某种意义上，这也是我爱上写作的原因。通过文字，与万千人建立一种微妙的联系，也许相隔万里，也许搭过一班地下铁。

也许，某一天，我们就是彼此故事里的主角。

曾有人问过我：知凉，你相信缘分吗？

我摇头，无所谓信与不信，就像《若不曾颠沛流离，哪知人间冷暖》里的顾小夏和傅子尧，如果没有一路的坚持和珍惜，遇见了又能如何？

怕只怕，有缘无分。

《如果最后是你，晚一点又有什么关系》是书中的第一个故事，在我确定这个标题的时候，内心已经有了自己的答案。

友情也好，爱情也罢，遇得见便好好珍惜。谁也无法预测，哪一次遇见是前生来世的缘分。

我不是一个善于言辞的人，很多时候，我都是把所思所想、所感所念记录下来。这些文字，对过去是一个总结，对未来是一种梦想。生活在这样一个纷扰的世界里，现实给了我们很多迷惑，但无论如何，我都需要有自己的坚守。

于生活，于情感。

城市的脚步，匆匆忙忙，每一天都过得很快，有时候甚至忘了为什么而忙，机械单调地行走着。

离群索居进行创作的这段日子，给我最大的感触是，一切都慢了下来。听一首歌，看一场电影，认真读一本书，充实而又心安。

如同我在书里想要表达的一样，我们穷其一生，也不过在追求平淡、安稳的生活，与一人相伴，择一城终老。

快乐和幸福，都是我们必须要做到的事情。

这样一些故事，这样一本书，与所有人一起分享。

2016年7月，我在大连，讲述人间冷暖，看往事如云流淌，想念一些人，抑或被一些人想念着。

　　街角的咖啡店，海边的小木屋，有时骑上单车，从城市这一头游荡到那一头……当你能够静下心来，去感悟生命的点滴时，你会发现，这个世界是美好的，也必将是美好的。

　　那么，感恩岁月，惜人惜福。

　　愿我们都以一个温柔的姿态，去面对生命的每一天。

　　谢谢阅读本书的所有人，祝一切如愿美好。

　　我是夏知凉。

2016年9月，写于大连

目录 Contents

第一章　你该勇敢点，当你正年轻

1. 如果最后是你，晚一点又有什么关系　　002
2. 若不曾颠沛流离，哪知人间冷暖　　010
3. 我的盖世英雄，光芒万丈　　022
4. 你哭了　　034
5. 爱你，就是不问为什么　　045

第二章　也曾鲜衣怒马少年时

1. 爱情是一种病　　060
2. 和自己谈一场恋爱　　071
3. 后来，我们终于学会了如何去爱　　082
4. 青春，像一场来不及告别的梦　　093
5. 愿有人陪你共一场地老天荒　　111

第三章 总有一个人，会陪你到最后

1. 谁的幸福不是历经坎坷　　　　　　122
2. 我会很爱很爱你，直到故事终结　　136
3. 从来就没有回头路可走　　　　　　149
4. 爱情是个单选题　　　　　　　　　162
5. 是那些错过的人，教会了我们成长　173

第四章 所有的美好都会如期而至

1. 我就是我，颜色不一样的花朵　　　　188
2. 何以不忘，只因情深　　　　　　　　205
3. 傻姑娘，你爱得太善良会受很多伤　　217
4. 你若盛开，清风自来　　　　　　　　228
5. 可能，再也遇不到对我这么好的人了　236
6. 所有的美好都会如期而至　　　　　　249

第五章　那些沉重而又温暖的爱

1. 他们的爱情，让时光都哭了　　　　　268
2. 再也不会有人像他一样疼我了　　　　286
3. 青红·末日危途　　　　　　　　　　298

第一章

你该勇敢点,当你正年轻

如果最后是你，晚一点又有什么关系

我走在漫天飞舞的雪花中，看飞机起起落落，从大连到上海，2254公里的距离，2254公里即是天涯海角。

【1】

2013年末，大连下雪，星座运程上说，本周不宜出行。

我去机场送曹乐洋，他去上海，谋生存也求发展。

换完登机牌以后，他在角落里坐了下来，我蹲在他旁边。曹乐洋说："你怎么不坐？"

我打哈哈："认识你两年，欺负你两年，临走，姿态可不得放低点儿，不然一转身你就把我给忘了。"

曹乐洋摇头，看着我傻笑，像橘灯一样暖人，却不暖心。

没话说？我坐了下来，玩弄着钥匙扣上的小熊。

"嗯……"曹乐洋想了想问，"你最讨厌我对你说什么？"

我说："谎话。"

"那你最害怕我对你说什么?"

我说:"真话!"

"哦,哈哈……"

"嗯,哈哈……"

"那就不说什么了,我去安检啊。"他站起身,高瘦修长,像竹竿一样。

我说好,再见!

"曹乐洋……"我喊住他,他回身看我,我说,"我告诉你一句真话。"

曹乐洋望着我,眼神流露出一些期待。我犹豫了一下说:"你这个背包真low,背了两年多了,换一个吧。"

"嗯,哈哈……"曹乐洋离开了。

我走在漫天飞舞的雪花中,看飞机起起落落,从大连到上海,2254公里的距离,2254公里即是天涯海角。

我咒骂自己,说什么背包啊,真是的,我明明想说的是……

算了,反正应该也不会再见了,我揉了揉眼睛,冲进了风雪里。

有些人,无论你怎么努力,最终都只能交付给回忆。

【2】

我害怕被人拒绝,不够勇敢,因为我24岁半的人生,从未体验过什么叫幸运,所以,我也害怕听到在意的人对我说真话,那对我的杀伤力实在太大。

譬如，12岁时，我妈妈跟我说："你爸不要我们了，以后我们娘俩过。"然后是高考，为了稳妥起见，我放弃了梦想过无数次的"复旦"，张榜时，拿着高出"复旦"录取线二十几分的成绩，却被"南大"强行退档，理由是女生招满了。

做女生是我的错吗？

"不，不是你的错。你知道的，我太太有时候会比较神经，所以对不起了。小米，我会叫财务把年终奖全额结算给你的。"于是，在给总经理做了一年半助理以后，因为她太太发了个神经，我就失业了。

宝宝心里苦！

离职那天，只有曹乐洋一个人送我，我说："你不避嫌？我现在可是一身腥。"

曹乐洋笑嘻嘻地说："我知道那个人是谁。"

"是谁？"

他说："我不告诉你，背后说人坏话不好。"

我生气了，很生气，我说："曹乐洋，你不够朋友，知道真相都不站出来，让我蒙不白之冤，绝交，友尽。"

曹乐洋说："那我请你吃火锅，抚慰一下你受伤的心灵。"

我说不吃，没胃口，然后打个车就走了。其实，我知道，这事不怪曹乐洋，总经理的情人是谁不重要，重要的是我注定是那个替死鬼，谁叫我是助理呢！曹乐洋如果要公开指出来，结果肯定是我们两个一起从公司滚蛋。

只是没想到,一周以后曹乐洋又来找我了,一脸得意地说:"我辞职了。"

"为什么?你傻帽吗?再一个月就拿年终奖了啊。"

曹乐洋大眼睛眨呀眨地不说话,拉着我去吃火锅。

不久后听原公司的同事说,曹乐洋给总部写了检举信,举报了总经理作奸犯科、滥用职权等几大罪状,还是实名的。

够爷们儿,够义气。

我有点儿感动,打电话给他说:"好像后天是光棍节,要不要抱团取个暖?"

【3】

11月11号那天下雪,曹乐洋一早就来找我,还买了束花,像模像样。

我说:"这么不含蓄,是打算追我吗?"

曹乐洋笑了笑:"要是这么容易,也没成就感啊。"

他拉起我的手说:"走,还有礼物送给你。"

于是我就跟他东拐西拐,去了一家叫"于记"的小店。店里没什么人,但老板很热情,给我们倒热水,还暧昧地看着曹乐洋说:"眼光不错。"

我皱眉,老板就从柜台里掏出一个小盒子,问我:"姑娘,直接戴上,还是打包?"

我接过一看,是一条玉石人鱼项坠,雕刻得很精致,活灵活现。

老板得意起来:"我可不是吹,满大连你都难找到这份雕工,祖辈传的,每一件首饰都是唯一的……"

我问曹乐洋:"你为什么要送我这个啊?"

曹乐洋说:"你不是想去丹麦看小美人鱼吗?"

我笑了笑,把项坠戴好,对着镜子照了照,美美哒。

老板找出相机,非要给我俩拍一张照片,说我戴他作品的效果,是他见过呈现最好的。真会做生意,我美滋滋地答应了。

拍完照,老板突然来了一句:"祝你们百年好合,一生幸福哦。"

我愣了一下,调皮地说:"老板,您看走眼了,我是他二舅妈。"

然后轮到老板愣住了,他尴尬地笑了笑,把头扭了过去。

曹乐洋跟在我身后,一口一个二舅妈。我说:"乖,请你吃火锅。"

晚上的时候,我和曹乐洋去吃了火锅,他强调了两遍:"说好了啊,是你请,我身上只有72块钱了,刚交完房租。"

我一眼一眼瞪他:"活该,谁让你写检举信辞职的。"

那天,我和曹乐洋还喝了一点儿酒,然后沿着马路一直走,走到星海广场,爬到贝壳城堡上边坐了很久。

我以为他会对我表白的,但是没有。我也以为自己会对他表白的,但我真的害怕听到真话。

城堡是仿欧建筑,在一座小山上,到晚上灯会全部亮起来,在下雪天里，更是美轮美奂，仿佛穿回了中世纪的欧洲。

来过大连的人都知道这里，往前一走就是蔚蓝的大海，涛声阵阵。曹乐洋坐在古堡的城墙上，看着远方说："小米，认识你真好！"

我笑了笑，回想起第一次见他时的情景。我比他入职早半个月，公司派我去接新人，我在机场出口处举着牌子，那天他就背着那个很low的小黑布包，晃悠着修长的身子对我笑。很天真，很耀眼。

【4】

光棍节过去不久，我和曹乐洋就开始各自找工作，我找了一家合资企业，做了一个普通的小职员，再无纷扰。

曹乐洋则比较困难，他学的是建筑设计，在大连，多少设计师都快被饿死了，连做家装的也是有上顿没下顿。

他的工作和经济状况都不好，所以见我的次数越来越少，就这样从这个冬末耗到了下一个冬末。曹乐洋跟我说想去上海拼一拼，毕竟，那里机会更多一些。

我说，你要是考虑成熟了，就去呗。他离开的前一天，我请他吃了火锅，喝了些酒。

他欲言又止，终究没说什么重要的。我想说，想说："曹乐洋我喜欢你，我们在一起吧！"可是，我不能做束缚他梦想的绑绳。

我也想跟他一起去上海，可是从来没体会过幸运的我，不敢做这样大胆的尝试。

在人生的岔路口,我只选择一眼能望到底的那一条,然后就再也不回头地向前走。

因为我不勇敢,因为我不够幸运,我怕其他路上的风景更好我会哭。

就这样,我送走了曹乐洋,一场还没来得及开始的恋情,草草地结束了。

一开始还会电话联系,后来就变成了微信,再后来终于绝迹,可越是这样,越是会想念,越是会恨自己,为什么当初不勇敢一点儿呢?

不知道,现实总是有很多无奈。

【5】

时光如惊鸿照影,一转眼就是两年。

我不是没有试过去答应其他男生的追求,但是发现,自己骗不了自己。

2015年光棍节,这一天特别冷,刮着西北风。我在大街上漫无目的地走,东拐西拐,竟然鬼使神差地去了那家小店。

老板记忆力惊人,居然还认得我,也难怪,一抬头就看见我和曹乐洋的照片挂在墙上。

我站在照片前端详了很久,竟然难过得想哭。可能我的反射弧比较长,迟了两年才轰然发作,很想号啕一场。

老板给我倒了一杯热水说:"他二舅妈,不不,姑娘,喝杯水吧,大冷天的穿这么点儿,跟乐洋那孩子一样,都爱耍,不爱惜身体。"

我瞪大眼睛看着老板,老板笑了笑说:"我是乐洋他二舅啊……"

我羞愧得想要找个地缝钻进去,可是一低头就看见曹乐洋很low的小黑背包放在一把矮凳上。

曹乐洋的二舅心领神会地说:"早上刚回来的,到我这照个面就走了。"

我说"谢谢您啊,二舅",然后放下水杯就出了门,一口气跑到了星海广场的贝壳城堡,爬上去,四下望了一眼,没人。我在城墙上找了一会儿,我和他的名字还在,这是那年光棍节我和他一同刻上去的。

我有点儿失望地往下走,快走完最后一级台阶时,听见有人喊我的名字。

我一回头,就看见曹乐洋坐在城墙上看着我笑。他一声声喊我的名字:"顾小米……顾小米……"

若不曾颠沛流离，哪知人间冷暖

> 回望过去，我曾经深深地怨恨过，怨家庭的不幸，恨情爱的凉薄。现在想想，哪有什么爱恨滔滔，比起所得，那些失去更有价值。

【1】

17岁时，迫于生计，我和父亲举家南迁。

说是举家，有点儿言过其实，无非两张嘴四条腿，仅此而已。他把我安顿在一家寄宿学校，给老师送了礼，给我买了新书包，以及一件价格不菲的连衣裙。

凭良心说，他对我不错，即使在东北过那样贫困潦倒的日子，也不曾亏欠过我，别的孩子有的，我都有，别的孩子没有的，只要我喜欢，也可以有。

我从来不拒绝他在物质上对我的关怀，不然他会觉得，我在觊觎他给不了的东西。比如，母爱。

他是个好父亲，但绝不是个好男人。他有过两任妻子，第一任,七年之痒,不欢而散,他没试图挽救。第二任,不甘于扮演一个家庭保姆的角色,毅然决然地挥泪而去,他击节欢送。那时候我已懂事,明白他再婚无非是希望有个女人,能让我每天吃上一口热饭,教会我怎样正确认识和处理自己的月经初潮。那是一个男人做不来的。

这些事情回想起来有点儿匪夷所思,在这个世界上他最对不起的女人应该是他的两任妻子,可是他却总是希望在我身上能得到救赎。

我不理解,但我必须得学会原谅,毕竟,我们相依为命。

毕竟,我也爱他。

【2】

其实我父亲是个思想活络的农村人,八十年代初期就开始搞建筑,本身又是木工和瓦工,承包了一些小工程后,发了一点儿小财,之后就遇见了我妈妈,一个刚毕业的大学生。据说,她为他放弃了出国。

有些时候,爱情总是有着愚蠢乃至神奇的力量,七岁之前,他们的故事是我心里最美的童话。

在我的箱底压着一张他们恋爱时的老照片,已经有些泛黄,如同岁月。我妈妈穿了一件白色的衬衫,外面套着米黄色的针织毛衣,偎在我父亲身边,清纯美丽。而父亲留着经典的"费翔"发型,一件夹克,皮鞋亮得刺眼。那个时候,他很帅。

可郎才女貌救不了婚姻，婚后七年，我父亲开始抽烟、喝酒、打牌，夜不归宿，一次次地考验着当初许过的诺言。终于有一天，我妈妈再也没法忍受他的恶习，婚姻破裂。我爸爸流下了忏悔的眼泪，只是晚矣。

人总是要付出些代价才能学会成长的。离婚以后，我爸爸开始认真做事，只是时运不济，包了一个工程，出了人命事故，赔光了他所有的积蓄。然后，我就和他开始了颠沛流离的生活。

我不想说我都去过哪里，那可能会勾起我很多不愉快的记忆，不如我们来说一说美食，这样即使忧伤也美味一点儿。有没有吃过火宫殿的臭豆腐，南京的鸭血粉丝，广州的肠粉，天津的狗不理，北京的涮肉爆肚，陕西的凉皮、面筋，以及青岛的蛤蜊，旅顺的咸鱼饼子，长春的黏豆和虎林的野鸭炖山菜，还有新疆的大盘鸡、内蒙的烤全羊？

对，我都吃过。我们待得最短的一个地方只停留了半个月，可即使这样，他也没能再赚到什么大钱，时代不同了，时下发财的都是劳心的人。

唯一值得庆幸的是，这样的颠沛流离并没有拖垮我的学习，反而让我逆流而上，名列前茅。老师夸我天资聪颖；同学认为我是个怪胎，边学边玩，居然能成绩优秀。

我统统一笑而过，这个世界上，哪存在什么不劳而获。

他们看不见凌晨一点时，我还伏在台灯下奋笔疾书；也想不到我整天和一个金麦色鬈发的小男孩玩，只是想搭讪他的父亲，学一口流利正宗的英语罢了。

很早我就知道，没妈的孩子和有妈的孩子，是两个物种。

他总是跟我说，别怕别怕，有爸爸在呢。他笑的时候，满脸的沧桑。我该怎么告诉他，正是因为有他，我才不得不这么拼。

人这一生，总有一个或几个人，会让你全无计较地去付出，心甘情愿地去努力，哪怕会因此打击自信，伤及自尊。

我的同学傅子尧就是这样一个人，傻气十足。

当然，他喜欢我。

【3】

似乎每个转校生都是一个有故事的人，这几乎成了文学作品里最常见的桥段。我也不免落俗。

比我更俗的是傅子尧追我的手段，譬如借书，然后在里面夹一张纸条，写一些朦胧派的小诗，虽不露骨，却也情意绵绵。我忍不住想要呵呵，谁说早恋是堕落，我仿佛就看到了另一个北岛。

当然，数年奔波，见惯世故的我，心智上要略微比同龄人成熟几分，所以在我眼里，他还是个小孩，我可不想跟一个小孩谈恋爱，那会拉低我的品位。

他不表白，我不拒绝，时间在暧昧的情愫中发酵着少年的心事。酸，是一开始就知道不会有结果；甜，是明知道没结果也跃跃欲试。

我是寄宿生，他也是，所以，我的早餐通常会多一个煎蛋，或者一个麻团、一杯豆浆。晚上宿舍锁门前，他再给我送来一桶热气腾腾的泡面，里面加一根火腿肠。

这些小恩小惠，足够温暖，却不足以动情。高三时，我不忍他再破财，就直截了当地问他："傅子尧，你喜欢我是吧？"

他羞赧的样子，真是好看；手指搓着衣角的动作,真是纯真；心脏跳动的节奏，真是澎湃；咬着嘴唇含着泪花的样子，真是让人心碎。

因为前一秒我说了："我不喜欢你，你别再给我写诗了，也不要再浪费你的银两了。"

然后，少年情事，归于沉寂，傅子尧的热忱，归于沉寂，至少有半月，他未曾和我说过一句话。说真的，我有点儿失望，所以你看，心智不成熟的孩子，在打击面前，缺乏必要的坚持。

我笑了笑，继续攻克一道几何题，闺蜜老高一脸嫉妒地把一盒鱼香肉丝盖饭放到我桌上，她说神秘人的补给又到了，第十天。

我不理她，噔噔噔跑下楼，拉住送外卖的小哥问："订餐的是谁，知道吗？"

小哥疑惑地看着我："不是你订的吗？"

我说"好了，没事了"，又跑到男生宿舍喊出傅子尧，他有些木讷地看着我问："什么事？"

我问："我每天的消夜是不是你订的？"

没等他说话，他的室友就先咿呀起来："我的姐姐哎，可别来这儿寻开心了，我们全寝室已经断粮七八天了，他穷得连角币都花光了。"

傅子尧用怒吼来掩饰自己的窘迫，于是，他的室友们闭了嘴。

有些男生的自尊,是很奇怪的。

我把手伸进口袋里,掏出一张50元塞到他手里说:"有了再还我。"然后匆匆地跑了回去。

【4】

班主任跟我说我爸爸受伤了时,我并没有多恐慌,我在电话里问爸爸的工友:伤在哪里了?在哪家医院?工地的负责人有没有到场?我需要准备多少钱?

我把电话还给老师时,她直愣愣看着我,或许,她在为我的冷静而感到震惊吧。在一个两口之家里,一个出了事情,另一个是绝对不能再慌乱的,别问我是怎么知道的,我不忍告诉你。

当时,我18岁。

我到医院时,爸爸的手术已经做完了。他安慰我说:"只是小腿骨折,养一段就好了。"

我笑了笑,喂了他一口汤说:"您这种安慰真没什么效果,还不如讲个笑话来得实在,这锅鸡汤我可是煲了三个多小时。"

我爸竖起大拇指,讲了一个老掉牙的笑话,我说:"表现不错,给您99分,留一分免得您骄傲。"

他说:"赶紧回学校吧,马上就高考了,别把功课落下。"我努努嘴,掏出几何习题,他还要说话,我说:"乖,别说话,我亲你一下。"

我在他额头上亲了一下后,开始和几何习题交战。

傍晚时，傅子尧和老高来医院看我，买了一些水果什么的。我竖起拇指："不错，患难见真情，这高中没白读，值得跟我爸炫耀一下。"然后，我做了介绍。

老高甜甜地问了声叔叔好时，傅子尧莫名其妙地鞠了一躬，让我忍不住好气又好笑，我说："你搞得那么正式，我爸会怀疑是女婿见岳父的，万一他头脑一热看上你了，我咋办？"

傅子尧傻笑着，脸颊飞起一片朝霞，我瞟了我爸一眼，他居然露出赞许的神情。

老高辞别，傅子尧留下来给我讲解笔记，一份一份，一张一张，做得精细无比。娟秀的字体，仿佛出自女孩之手。

他皱起眉头看着我惊讶的表情问："怎么了？"

我摇摇头，笑了笑说："你讲得比老师好。"

傅子尧居然白了我一眼，用责备的语气说："认真点儿，别溜号。"

更加神奇的是，我竟然没有反驳，一边听他仔细地讲着，一边想，原来他也是有脾气的。

有点儿意思。

【5】

五天之后，我爸爸出院，但是因为他伤得较重，所以还需要人护理。

傅子尧依旧每天来给我补课，时不时给我爸带点儿吃的，有时候还陪他下几盘象棋。

　　我爸可能真动了歪心思，居然问起他的家事来了，傅子尧举着一枚棋子说："我是个孤儿，是姑姑在照顾我。"

　　我爸歉意地笑了笑，傅子尧达观地摇摇头，棋子落了下去，将了我爸一个死军，然后继续给我补习课题。

　　快讲完时，我突然插话说有点儿饿了，傅子尧条件反射地从书包里拿出一张订餐卡，刚要按下号码时，愣住了。

　　上当了吧？我笑着把卡片从他手里夺过来看了看，正是给我送外卖那家的电话。

　　傅子尧挠着头发说："狡猾。"语气里有些不太过分的亲近和得意。

　　我说："你哪来那么多的钱？"

　　傅子尧指了指书桌上的笔记说："给别人抄笔记赚的，一份5块钱，每天2份。"

　　我说："我去，那我岂不是欠了你很多？"

　　傅子尧想了想说："那等叔叔好了，你请我去看场电影吧。"

　　我伸出小拇指跟他拉钩，我看了看时间说："回去吧，再晚宿舍该关门了，我送送你。"

　　那天，我送了他很远。他问我："你打算考哪里？"

　　我说："可能是北邮。"

　　他说："那我也考北邮。"

　　我说："你别傻，跟着我考干什么，我不一定考得进去的。"

　　傅子尧笑了笑，说："你可以的。"

我说:"你明天别来了。"

他有些郁闷地看着我,我说:"明天就回学校了呀,笨蛋。"

然后,他就欢快地跑掉了,时不时回下头,冲我挥挥手。傻气十足。

【6】

高考很快就来了,我带着沉重的使命感走进考场,出来时又突然觉得,所谓的分数,或许无关紧要。

十几年的苦读,只为这一刻的呈现,真的,有点儿无聊。

傅子尧问我感觉如何时,我淡淡地回了句:"一般般。"他机械地回了个"噢",再无下文。或许,他有点儿担心。

放松了一些时日后,成绩终于下来了,遗憾的是,我与北邮失之交臂,第二志愿是大连。傅子尧发挥超常,稳稳地过了录取线12分。

他来找我,有些难过,也不说话,就一直陪着我走,走累了,就在广场的石凳上坐了下来,他十指缠绕,和时光一起纠葛。

我问他:"没话说?"

他站起来,看着我,涨红了脸:"小夏……那个……我……"

"你喜欢我,是吗?"我笑着替他说完,他有些灰败地点点头。

我说:"可是我不喜欢你,高二时就跟你说过了啊,还是做朋友的好,你不是我的菜。"

他不甘心地问:"为什么?"

我站起来,凑到他身边,低声地说:"告诉你个秘密,其实,我喜欢女孩……"

我不顾傅子尧表情的复杂、眼眸的神伤、内心的纠结,说了声"再见"转身就走。

有风吹来,迷了眼睛。揉一揉,泪水湿了青春。

【7】

19岁时,我和我父亲又举家北上,依然是两张嘴、四条腿。他一生匆忙,半生动荡,前些年都是我陪他四处流浪,这一次,他陪我。

我说:"我妈又给我打钱了,读大学的费用。"

他点点头,"噢",然后黯然地笑了笑。

离婚以后,他努力拼搏,迫切地想要证明给他的前妻看,放弃他,是个很大的错误。那他离婚前为什么不这样做呢?男人的自尊,有时候,很奇怪。

不由得,我又想起了傅子尧。

这么多年走过来,生活教给我的经验是,不对没有把握的事情做赌注,只为看得见摸得着的去付出。

四年异地,有太多的变数,这样的爱情,我不敢尝试。

大学生活开始了,除了学习,我每周还要做五课时家教,贴补自己的费用。我妈妈现在的生活倒是很优裕,可是,毕竟她现在又有了自己的孩子，我不想过多地去打扰她。

爸爸腿受伤以后，就不再做苦力了，在街角支了一个修鞋摊，收入倒也还不错，和旁边馄饨店的徐阿姨有些琐碎的交集，或许，他真的应该再找一个人了。

我这样跟他说时，他对我瞪眼睛，我也只好耸耸肩膀。

很快，大一的寒假来了。离校的前一天，室友跑上来喊："顾小夏，门卫那里有人找你。"她神秘兮兮地说，"是个大帅哥。"

远远地，我就看见傅子尧站在大门外，冻得直搓手，看上去，似乎又长高了一点儿，脸上有了棱角。

他冲我笑，傻气十足。我说："你彪啊，穿这么少！"

我把围巾解下来给他围上，去馄饨店点了一碗热汤面。

我说："你怎么来了？"

他说："我记得你好像还欠我一张电影票。"

这个理由，我给打满分。在大连玩了三天，我爸亲自下厨，给他做了大餐，还逼着他喝了一杯酒。我去火车站送他，他在候车室里看着我，目光温暖而多情，嘴唇微微翕动，欲言又止。

我赏了他一个大白眼："你想说喜欢我，是吧？"

他郑重地点点头。

我说："我答应了。"

他愣了一下，我又重复了两遍，因为我拒绝了他两次。我说："我答应了，我答应了，讨厌。"

傅子尧咬着嘴唇，眼泪在眼圈里直打转。我把围巾解下来，给他围上，又抱了抱他说："别丢人，这么多人看着呢。"

他进检票口时，脸上还洋溢着灿烂的笑容，用力地挥着手，示意我打电话。出来以后，天又下起了大雪，漫天飞舞，一个纯白崭新的世界铺陈出来。

我擦掉眼泪，笑呵呵地回去了。

一直到大学毕业，傅子尧每个假期都来看我，有时候，我也去北京看他。毕业以后，我们商量着去上海，临走之前，做了一件非常重要的事。

在我和子尧威逼、利诱、连哄带劝之下，最终我爸爸同意和徐阿姨去领证了。那天，我们一家四口人，吃了顿团圆饭，其乐融融。

时光荏苒，一晃就是三年多。2016年情人节那天，傅子尧跟我求婚，我头脑一热，就答应了，计划着年底就结。我爸听说这个消息后，连说了三个好，我妈还亲自来上海，检验了她的准女婿。

回望过去，我曾经深深地怨恨过，怨家庭的不幸，恨情爱的凉薄。现在想想，哪有什么爱恨滔滔，比起所得，那些失去更有价值。

若不曾颠沛流离，哪知人间冷暖。

我的盖世英雄，光芒万丈

　　一场重感冒，吃了那么多药没好，不去管它，反而自愈。
　　人生事，如此玄妙，越上心就越痛心，越在意就越怕失去。

【1】

　　四月的风像是春天最后的阴谋，脱掉所有棉衣后，给了我一场重感冒。
　　吃药、吊水，连续几天仍不见好转，就在我以为自己要挂了时，好友洛凡来了，手里拎了两瓶山楂罐头和一些蔬果，看见我要与尘世告别的样子吓了一大跳。他把手贴在我额头上感叹："你这真是要过清明节的节奏啊。"
　　我说："记得多烧纸钱，不然我会常来找你叙旧的。"
　　洛凡有恃无恐，他说："没事没事，你如此作恶多端，死后定是魂飞魄散。"

我说:"死也要拉你一起!"

洛凡不理我,把罐头给我打开,冰了条毛巾敷在我头上,打开手机播放器挑了几首治愈系歌曲后,就去厨房煲汤了。

成年人的友谊来之不易,尤其还是那种好时不扰,坏时不跑,用钱说话,有事必到的人。所以对于洛凡,我格外珍惜,舍不得爱他,更舍不得睡他,我们约好了的,这辈子就这么玩下去。

正胡思乱想时,我妈来电话询问近况,说是做了两双新拖鞋,要给我寄过来,还问我:"西风好吗?不要总耍小性子。"她说,"你怎么没精打采的呢?是不是病了啊,现在感冒可邪乎了!"

果然是亲妈,最糟糕的两件事都被她言中了。我说:"都好着呢,您别操心了,又不是小孩子了。"我咬着嘴唇,没让眼泪掉下来。播放器里放着五月天的《温柔》,唱得极其温柔。

为什么,失去一个人以后,越温暖就越伤感?越多的人陪伴,就越孤单?

洛凡把汤盛好给我端来,吹凉后用汤勺喂我,我看着他,眨巴眨巴眼睛说:"走,陪我去喝酒。"

这是陈述句,代表着我的某种态度。于是洛凡放下汤勺,也眨巴眨巴眼睛说:"脑子烧掉了吧?"

我说:"我要去喝酒,我就是要去喝酒,醉死也不要病死。"

病死也不要伤心死。

【2】

一家东北菜馆就在街角,是熟识,以前我和西风总来,每次老板都送小菜。

进门时,老板先是愣了一下,眼睛在洛凡身上转悠了一圈后,小声嘀咕:"换人啦。"

老板娘瞪了他一眼后,热情地招呼我们。一打啤酒,三个菜,我和洛凡就喝了起来,时不时还要擦下鼻涕。三杯五盏,我的话头开始不受控制,把近三年犄角旮旯的事都翻腾出来,只是,还漏了一人,寸字未提。

最后一杯下肚后,我掏出手机订了两张飞上海的机票,然后拿给洛凡看。

我说:"陪我去上海。"

这又是陈述句,依然代表我某种态度。所以,洛凡没有例外地又骂了我一句:"你是傻帽吗?"

我说:"是,我就是傻帽!怎么了?"

洛凡翻白眼,我不理他,晃晃悠悠地出了门,不争气地掉了几滴眼泪疙瘩。

两个月前,我和段西风吵架,摔了水杯,说了分手。

段西风不可思议地看着我:"就为洗衣机里的衣服没及时晾出去,你就跟我说分手?"

我说:"是的,我忍了你很久你知不知道,刚恋爱的时候你可不是这样!"

段西风白了我一眼，转身去收拾地上的玻璃碎片，明显没拿我的话当回事。

我抢过他手里的扫帚说："我说的是分手，你能不能认真点儿？"

段西风又把扫帚夺回去说："能不能别闹，这马上都要订婚的人了，怎么还像个小孩子似的？"

我无语，愣在那儿半天才说："你怎么就不明白呢？我不爱你了，不爱你了。"

段西风终于正视起来，嘴唇翕动了半天才说："那你爱谁？"

"好吧，既然你这么想知道，那我就告诉你。"

我说："陈洛凡，我爱上了陈洛凡，你满意了？"

段西风手里的扫帚啪嗒一声掉在了地板上。我不理他，转身窝进了沙发里，用抱枕蒙住了头，眼泪止不住地喷涌而出。

大约用了十几分钟，段西风就收拾好了东西，一只皮箱、一个人，简简单单，他走到门口时说了句："祝福你们。"

我蒙着头，看不到他说这句话时的表情，但我想，应该会很忧伤吧。

门被段西风关上以后，我从沙发上爬起来，躲在窗口看他离开，他走到马路边等车，然后蹲下来，双手掩面，泪湿脸颊。

我滑下来，坐到地板上，放声痛哭。

四年感情，如同烟云水月，美丽却不可得。

【3】

飞机已经进入了平流层,我在座位上喋喋不休地说话,旅客把怪异的目光投向我,但是,那又怎样,言论自由。

帅气的空乘走过来,温暖地看着我笑:"女士,有什么可以为您服务的吗?"

"是的。"我按了呼叫铃。洛凡白了我一眼,转向空乘说:"能麻烦你拿条毯子过来吗?"

空乘再回来时,我笑嘻嘻地看着他说:"帅哥,你真好看。有女朋友没?还没啊,那可别找个农村丫头,成不了的……"

洛凡在我腿上掐了一下,然后指了指自己脑袋说:"有点儿问题,别见怪。"

空乘帅哥露出一个"早就看出来了"的灿烂表情后,离开了。

洛凡看着我,说:"闭嘴,再说话把你扔出去。"

我说:"怕你?我会飞。"

洛凡说:"自己跳,自生自灭去。"

我说:"切,你以为我不敢跳啊。"

当然,我是不敢跳,但有人敢。

我不扯谎,会遭雷劈。真的有人敢跳,不过不是飞机。在外白渡桥上,双臂一展,嗖的一声,就跳了下去。无比勇猛,像个盖世英雄一样,万丈光芒。

那还是大学毕业后,我去上海的第一个年头,段西风带我逛南京路,看黄浦江。他站在桥上跟我说:"当年赵薇演《情深深雨蒙蒙》时，就是在这儿跳下去的。"

我趴在护栏上看了看，忍不住惊叹："赵薇该多彪悍啊，这么高……"

没等我说完，段西风把包塞给我，跃上栏杆，嗖的一声就跳了下去，姿势那么优美，动作那么飘逸。我反应过来时，吓得"妈呀"一声大叫。

不远处，一艘观光船上，一个小女孩玩着玩着就掉了下去。段西风拼命地游着，赶到时，女孩已经没了踪影，他吸了一口气，又扎进了水里。

时间一秒一秒地过着，大概过了一分多钟，还是不见人影。就在我忍不住要哭出来时，段西风从水里钻了出来，双手托着小女孩，被赶过来的救生员一起拉到了小艇上。

围观的人群掌声、叫好声一浪高过一浪，我赶紧跑过去，穿过人群挤到岸边。

段西风从救生艇跳到岸上，拉起我的手就跑，但还是晚了一步，已经有记者围追堵截过来。

他用手遮住脸说："小事小事，别拍。"

我一挺身，站了出来，笑嘻嘻地看着某报记者说："拍我，拍我。"

记者大哥皱眉："你是谁？"

我腼腆一笑："我是英雄的女朋友。"

记者把录音笔递到我面前时，段西风拉起我的手就跑，一路狂奔，肺都要跑炸了才停下来。

我说:"做了好事你跑什么啊,还能上电视和报纸。"

段西风不理我,接着刚刚的话茬问我:"你刚才跟记者说是我什么人?"

"啊?有吗,没有吧,哈哈……"

我打算赖掉,可又舍不得赖掉,所以补充了一句:"你可千万别不当真啊。"

因为这件事,段西风坚持认定是我先追的他,但那又有什么关系,反正我们在一起了。

虽然我的盖世英雄曾是个不入流的跳水运动员,但在我心里,他永远光芒万丈。

【4】

飞机在黄浦江面掠过,楼宇高耸林立,钢筋混凝土筑造的城市,在黄昏的烟尘薄雾里,妖娆而又无情。

有多少人的梦想在这里升起又破灭。

从机场出来以后,打个车一路冲到七浦路。和段西风在一起以后,他在这儿开了一家小店,生意还不错;可是我的工作却屡屡碰壁,跳槽的频率为每三个月一次。

所以我不开心,不适应这里快节奏的生活,并且,我也不是个有上进心的人,只想过安生日子。

大约就这样过了一年,有一天段西风突然跟我说:"小夏,我陪你回大连吧。"

"啊？"我没反应过来。

段西风说："既然这里不开心，那我陪你去开心的地方。"

我说："那店怎么办？"

他得意地笑了笑说："店已经兑给我二表姐了。"说完他掏出手机给我看，两张一周后去大连的机票已经订好。

我刚要张嘴，他把食指放到我嘴唇上："嘘，别说话，吻我。"

那一刻，他像一个发光体，光芒万丈。

想着这些，我竟然忍不住又落了几滴眼泪。

推开店门，西风的二表姐与我对视，表情不善，话语尖酸。她说："你还来干吗，还嫌伤他不够深吗？"

我说："他人呢？"

他二表姐摔打着手里的抹布说："下午刚走，去厦门了，求你别再来烦他好不好，看看他现在那样我都心疼，整个人都瘦了一圈……"

鼓浪屿，鼓浪屿，一定是鼓浪屿！我没理会他二表姐，拉起洛凡就往外跑，连夜赶往厦门。

洛凡在飞机上骂我："有病啊，折腾来折腾去，打个电话不就得了，把事情解释清楚。"

我说："你不懂，解释不清楚的。"

有一年五一，我和西风去鼓浪屿旅游，在一家叫时光邮局的店里，给五年后的对方写过一封信。我猜，他一定是去拿那封信了。

找个小宾馆睡了个囫囵觉，第二天一大早，我和洛凡就在时光邮局的店门口守株待兔。果然，九点多钟的时候，段西风出现了，满脸憔悴，胡须已经很久没剃过了，头发在风里被吹得凌乱。

洛凡推了我一下，他说："去啊，愣着干吗？"

我摇头："看一眼就好。"

"你有病吧，发了疯地赶了好几班飞机，就为了看一眼？"洛凡要冲上去，被我死死拉住。

我说："你不要说话，不然友谊到此为止。"

不一会儿段西风出来了，手里拿着一封信，犹豫了很久，然后把信撕得七零八碎，丢进了垃圾桶里。

看着他消瘦的背影，我忍不住红了眼圈，原来，他那么孤单。

我很想冲出去，抱住他说："事情不是那个样子的，我们回去吧，好好过日子。"可是我不能，我只是一个农村丫头，配不上他。

他的背影渐行渐远，渐渐消失，我抹了一把眼泪说："走吧。"

洛凡咬牙切齿，他说："你最好别后悔，一辈子遇到一个真心爱你的人不容易。"

他说着说着，眼圈竟也红了起来。

我摇摇头，咬了咬牙说："走吧，回大连，过安生日子，随便找个人把婚一结，也是一辈子。"

我走了几步，他却不动，我说："怎么了，你一脸的沮丧？"

洛凡抬高声音说："我陪你千里迢迢，就为看这么一个结果？你当我是你什么人，备胎吗？呼之即来，挥之即去。"

我羞愧地看着他，洛凡不理我，大步向相反的方向走去。他说："我不过是希望你能过得好点儿而已，看看你现在的样子。"

他语气饱含心酸，却又那样柔软，让我心里的某个地方，禁不住酸了一下。

我大声道歉，洛凡摆摆手说："你先自己回大连吧，我顺道去看个同学。"

突然很伤感，四年同学，三年朋友，一起走过了七个年头，原来，我并不懂他。

而那些平日里看起来快乐的人，也只是看起来快乐而已。

每个人心底，都有一段不能诉说的往事。

【5】

一场重感冒，吃了那么多药没好，不去管它，反而自愈了。

人生事，如此玄妙，越上心就越痛心，越在意就越怕失去。

独自一个人回大连后，窝进沙发里，看时光邮局里写给五年后西风的信，时光岁月，倒卷如流，一幕一幕回放过去，原来，我们曾一起经历过那么多。

只是，现在他失去了对这封信的好奇心，没一并带走，可见内心已冷。

爱情的路，山水迢迢，年少时，我们以为牵了手就是一场地老天荒，许了诺，即可在终点看盛世繁华。可现实远没那般画意，红尘更没那么多诗情。

三个月前,段西风的妈妈给我打电话,说得颇为委婉,因为,她是个文化人。

她说:"小夏啊,你是个懂事的孩子,阿姨也喜欢你,所以也没太多干涉。但言及婚嫁,做母亲的总是要操心一下。前几天李叔叔的女儿回国了,读了个什么博士,当然,这不重要,阿姨不是势利的人,只是两家之前有过婚约,总不好失信于人,你听明白了吗,小夏?"

我低声地回了个:"嗯。"

西风的妈妈笑了笑说:"那阿姨也祝福你遇见自己的良缘。"

我知道的,当初她不反对我和西风在一起,是因为男孩子总是叫家长放心点儿。我也知道,她其实就是嫌弃我是农村户口,之前旁敲侧击地问过我几次。

最主要的是,西风的父亲去得早,西风很听他妈妈的话。那么,我就不让他为难了,拉上洛凡做了垫背,提出了分手。

正想着的时候,电话响了起来,是洛凡。他问我在家没,我说在啊,他说:"那我按了这么久的门铃你都不开?"

我把单元楼的防盗门和房门都打开,又窝进了沙发里,听见踢踢踏踏的脚步声,随口问了一句:"你回来啦?"

"是,回来了,回来看看你这个扯谎大王。"

我一扭头就看见了段西风,他站在门口,笑得满面春风。

洛凡拍着门板说:"人我可是给你找回来了,回头记得把机票钱给我报了。"

我说:"好,双倍,四倍,一百倍。"

洛凡撇撇嘴，欢快地下了楼，他的声音在楼道里回响。都快赶上居委会大妈了，两口子吵架也得操心……

我笑嘻嘻地看着西风，突然不知道说什么好，有点儿尴尬。

他似乎也是，于是把话头引到洛凡身上了。

他说："是要好好谢谢洛凡，他跟我妈说了三个小时，晓之以理，动之以情，把你的优点说尽，我妈才放我回来的。"

我说："是、是，洛凡是个好哥们儿……"

我突然哽咽住，再也说不下去了。也许洛凡他是喜欢我的，也许他不喜欢，但这都不是最重要的了。

重要的是，我遇见了陈洛凡，并且我们约定做一辈子好朋友。

段西风过来抱住我，揉着我的头发说："对不起，小夏，都是我不好，让你受委屈了。"

我再也控制不住，用力地拍打着他后背，放声大哭。

拥抱了很久很久，西风才说："闭上眼睛，给你看样东西。"

我再睁开眼睛时，他已经把户口本摆到了我面前。

我张嘴，说不出话来，只是眼泪情不自禁地往下掉。

段西风笑起来，像橘灯一样暖。他说："别说话，吻我。"

那一刻，他的双眼有如两个灼亮的太阳。

我的盖世英雄，光芒万丈。

你哭了

难过的时候我也会哭,但你哭的时候我最难过。

【1】

周末盯着前方美女的背影看了整整三分钟,若是用道德的标准去衡量,一般会被称为耍流氓。

可是,周末自己却先哭了起来。

我问他:"你怎么哭了呀?"

周末瞟了我一眼:"呆瓜,三分钟不眨眼,你也会流眼泪。"

"哦。"

我点点头。可是,为什么要三分钟不眨眼呢,那不是有病吗?还没等我问,周末就跳上了公交车,样子转转的。

然后我发现,公交车的LED显示牌上,出现了"满员"两个字,也就是说,我还要花上二十分钟等下一班才能回家。

他趴在窗口冲我坏笑,看着他那个贱样,我默默地在心里问候了他们家祖宗十八代。

当我终于坐上下一班车时,发现周末推了一条微博,他在上面写:想你的时候,觉得每个背影都像你。

于是,我也尝试着把目光投向了前座的男人,遗憾的是,还没坚持到三分钟,那个男人就回头羞答答地凶了我一句:"讨厌啦,盯着人家看那么久……"

那一刻,我的内心是崩溃的,我的灵魂都在起鸡皮疙瘩,然后,我又在心里默默地问候了一遍周末他们家所有的长辈。

可是,当我打开朋友圈看见林漫失恋的消息时,突然也很想哭。

原来,他还是忘不掉她。

【2】

周末有个座右铭:虽然我叫周末,但你千万别拿我当星期天过,我会打你的。

他真的会打人,从小打到大。他爷爷习武,他爸爸习武,他们全家都习武,尤其是他二叔,经常练习飞檐走壁,从二楼楼顶就敢往下跳——后来摔残了。

我和周末从小一起长大,青梅竹马,他妈妈有意让我做他们家儿媳妇,我妈妈也觉得有这样一个女婿不错,两家人一商量,娃娃亲就这么定下来了。

一开始我还美滋滋的,觉得有个会武功的未来夫君很不错,再也不敢有人欺负我了。

可千算万算没算到,他才是欺负我最厉害的:书包要我替他背;作业要我替他写;去食堂吃饭时,不爱吃的菜全部挑出来放到我的餐盘里,逼我吃完。

真没见过这样对待自己媳妇的,我甚至都开始为自己的晚年担忧了。

更可恨的是,只要发现有男生来追我,他就会跟人家说:"放学以后你别走。"

就这样,直到大三,我也没交到男朋友。

后来我觉得这实在太亏了,就去问他:"你要喜欢我就跟我表白啊,现在这样算什么?"

周末摇摇头说:"性别不合。"

"什么意思?"

周末的目光在我脖子以下,腹部以上扫视了一圈说:"太平了,完全没有。"

他撒腿就跑,我又追不上他,只好再次委屈他大爷了。

尽管如此,我心里还是很美美哒。首先,对于娃娃亲这事,他从来不否认;其次,虽然他总是欺负我,但绝不允许别人也来欺负我。

因为这个独特性,我觉得人生都充满了希望。

【3】

故事的转折发生在大三下半学期,一个写诗的男生跟我说:"这浮皮潦草的世界,衬不起你镂金错彩的美。"

显然,他喜欢我,所以,他来追我,捧着蜡烛在女生宿舍楼下大喊大叫:"我爱你,你就是我的生命我的呼吸……"

我不是没有提醒过他要低调,要低调,可是他不听,于是,周末抓住他的肩膀,三下五除二就把他给解决了,据说他在宿舍躺了三天。

就在我以为风波已平息的时候,该男生又卷土重来,还是原来的词,还是原来的味道,周末毫不例外地再一次把他撂倒。

然后是第三次、第四次,我真的很想问他一句:"是梁静茹给你的勇气吗?"

第九次的时候,周末没有再打他,而是拍拍他的肩膀说:"不错,她是个好女孩,对她好点儿。"

我追上去问:"周末,你什么意思啊?"

周末耸耸肩说:"没什么意思啊,替你检验过了,人挺靠谱,加油!"

我刚要张嘴骂人的时候,一个女生走了过来,挽着他的手臂说:"帅呆了。"

写诗的男生凑了过来,捧着蜡烛小心翼翼地递到我面前。我说:"你×××连束花也买不起吗,拿个破蜡烛糊弄我。"

男生慌了手脚,他说:"你怎么哭了呢?"

我看着周末和那个小狐狸精的背影,问:"你叫什么名字?"

男生腼腆地说:"我叫王思聪……"

"我×……你居然叫王思聪?"

我忍住自己的泪,压抑住自己的心,平静地对他说:"那好,王思聪,从现在开始,我是你女朋友。"

于是,大三要结束时,我和史上最穷的穷人王思聪开始了一段诡异的恋爱。

命运真是神奇。

【4】

下了公交车以后,我打电话给周末,他没接,我又发微信问他:"是不是忘不了她?"

过了两分钟他打回给我,问:"做了炸酱面,要不要来吃?"

"不吃,怕是最后的晚餐。"

周末说:"多虑了,你又不是犹大,来吧,我没放香菜。"

他大口大口地吃面,我小口小口地往下咽,各有各的心事,谁也没说话。

他吃完最后一口,问我:"怎么,没胃口?"

我说:"不,没心情。"

他笑了笑,开始收拾碗筷,我抓起包就出了门,然后又折回来冲他喊:"周末,你×××就是个贱人,这辈子注定被人当星期天过。"

周末愣了一下,我没理他,把他复杂的表情关在了门里,而门外的我,又觉得刚刚的火发得毫无道理。是啊,我是他什么人呢?朋友?发小?大人们信口说来的娃娃亲?

我有什么资格去对他发脾气,我什么都不是。

每个人都可以追求真情,但不代表每个人都有权利拥有真情。

这世间还有一个词叫:有缘无分。

【5】

我和王思聪在一起时,周末和林漫也正爱得风生水起。

在一起以后我才发现,原来,王思聪不但穷,还有很多穷毛病,仇视所有有钱人,对这个世界极度不满,最主要的是,他虚构出来的自尊,让他变得有些神经质。

比如我买双鞋花一千块,就让他怀疑我是个重度拜金女,于是会关注我与任何一个男人交往的动向。我猜,他一定很怕我转身就跟一个开宝马的去上床。

尽管如此,我和他在一起的时间,也比周末和林漫在一起的时间长。

他们仅仅维持了七天,没错,就是七天,一个周末到另一个周末。

七天以后,林漫用一句"对不起"作为分手词,就打发掉了周末,重新回到前男友身旁。

我说:"报应不爽。"

他说:"那又怎样?"

我说:"临时演员。"

他说:"与你何干?"

我说:"莫名开心。"

他说:"心甘情愿。"

于是,我败下阵来。

大四开学以后,王思聪主动跟我提出分手……我居然被甩了!

周末听到这个消息时幸灾乐祸,他说:"求我啊,刚好最近手痒痒。"

我白了他一眼说:"暴徒,武夫。"

他的拳脚没用在王思聪身上,倒是把林漫的前男友狠狠打了一顿,因为他脚踏两只船。

周末趁机又对林漫表白,林漫笑了笑说:"我不能接受,因为我不想再骗一个好人。"

她不爱他,便对他坦诚,这本是理所应当的事,可是在周末看来,那居然是善良。

这么看来,我简直就是活菩萨了。

可爱情谁说得清楚呢,不都是谁先爱,谁就卑微一点儿嘛。

【6】

大四下半学期我们开始实习,向社会过渡。

我们忙着投简历找工作时,周末却忙着打架,因为,有个已经有家室的大老板想要潜规则林漫。

周末蹲坑守点,把那个大老板堵在停车场,一顿胖揍,据说,臂骨都打折了。

面对警察叔叔的质问,他理直气壮地说:"最恨这种人渣,见一次打一次。"

警察叔叔可能被他强大的正义感打动了,我只交了500块罚款,就把他给放了。

我说:"叔叔,不是应该关上几天的吗?"

警察叔叔居然被我问住了,周末扯着我的手臂,飞快地跑出了派出所,后面传来警察叔叔爽朗的笑声。

警民和谐,多好。

我看着周末说:"你个浑蛋要是再打架,别指望我再去捞你,老娘生下来不是为你服务的。"

周末点点头,果然没再打架。

大学毕业时,一个开奔驰的帅哥,真的是帅哥,去泡林漫,为此花了大把的钱。

周末去酒吧找林漫,拥着她的肩膀说:"别认真,他就是玩玩而已,'富二代'有几个是好东西,哪个不花天酒地。"

几个人围了上来,手里都拿着啤酒瓶,林漫推开他说:"跑啊,快跑啊,你惹不起他们的。"

周末站在那不动,两只眼睛冒着寒光看着那个"富二代"。

"富二代"走过来,搂着林漫的腰,看向周末:"听说你挺能打的,那让我的兄弟们来陪你玩玩,赢了,她归你。"

周末握紧拳头,然后手开始动了。

我没在现场,但听同学说,最后是那个"富二代"落荒而逃。

我替周末包扎伤口时,狠狠地戳了他一下,疼得他像杀猪般叫了起来。

我说:"活该,让你逞能,不是说再也不打架了吗?"

周末咧着嘴:"我没打架,骗你是猪。"

这次周末没说谎,真的没打架,而是自己打自己,听人说,当时他抄起酒瓶,一个一个往自己头上砸,砸到第六个时,"富二代"领着众兄弟一溜烟就跑光了,有钱的也怕不要命的。

但悲哀的是,不久以后,林漫竟主动对那个"富二代"投怀送抱了。

这个世界……真是疯狂。

学生时代彻底结束了,我和周末回老家,走的那天,林漫居然来送我们了,她对着周末深深地鞠了一躬,说:"对不起,我要去上海了,和他一起,谢谢你为我做的一切,我知道你可能会鄙视我,但我是认真的。"

周末看着她离去的背影,眼圈红红的,我猜,他心里一定很难受。

难过的时候我也会哭,但他哭的时候我最难过。

【7】

几天以后,周末来接我下班,事出反常,必有妖孽。

我说:"说吧,什么事?"

他皱眉:"真奇怪,你居然没说先吃饭,不打算宰我一顿?"

我说:"吃人嘴短,拿人手短,你要不说,我就走了。"

周末追上来,把手搭在我的肩上说:"周末陪我去一下上海呗?"

"师出无名,不去。"

"去打架。"他说。

"为林漫?"我转身看着他,忍不住开骂,"你是不是有病?你要为前女友打架,干吗叫上我,你觉得这很好玩吗?老娘真是受够了,你当我是什么?备胎,随叫随到?"

路过的人群投来诡异的目光,连我自己都觉得臊得慌。

周末不怒也不笑,趴在我耳边说:"林漫被人欺负了,问题有点儿严重,出于朋友义气,我觉得这次必须得帮她,这件事难以启齿,所以她也只跟我一个人说了。"

我皱眉:"不会是怀上了吧?"

周末点点头说:"聪明,那个'富二代'不打算负责,所以我去解决麻烦,你去帮她处理掉肚子里的累赘,毕竟,这种事我不懂。"

"你大爷的,什么意思,就好像我懂?"

"我不是那个意思,女孩子去总归会方便些。"周末说,"她一个人在上海也不容易,你就陪我去一次吧?"

我说:"无名无分,不去。"

周末笑了笑,从口袋里掏出一个小锦盒说:"如果是这样呢?"

我打开盒子,看着那枚闪闪发光的戒指,有点儿眩晕。

周末说:"想想过去,我是很难过,可是我知道,谁才是对我最重要的,我不想再错过了……做我女朋友吧。"

愣了几个神以后,我把戒指塞进包里,转身跳上了公交车,他追上来时,LED屏上出现了"满员"两个字。

我趴在窗口做鬼脸,冲他喊:"你要是能追上我,我就答应你,什么都答应。"

周末骂了一句"浑蛋",就开始疯狂地追车。

第三站时,我跳了下去,看着气喘吁吁的他,开心地哭了起来。

周末走上前,把我抱进怀里,他说:"对不起,是我不好。"

我吸了吸鼻子,在他肩膀上狠狠咬了一口,他没喊疼,却掉下了眼泪。

我说:"你哭了?"

他说:"是,但这一次,是为了你,为了你受过的所有委屈,对不起,让你等了这么久。"

我得意地笑了笑,在他胸口狠狠砸了一拳,从今以后,该轮到我欺负他了。

爱你，就是不问为什么

爱情的路，沟沟坎坎，不经历九曲十八弯，总是难见到真心，但如果那个人是对的，一切磨难，也都值得。

【1】

周普洛趴在餐桌上，单手托着腮帮，像在沉思，又似发呆，只是眼睛却没有离开过在镜子前搔首弄姿的唐媛媛。

他注视她的时间，已经超出了礼貌的长度。作为他的正牌女友，那是我不能忍受的事情。

但我不想当场发作，因为这样有失体面，尤其是在唐媛媛面前。

我咳了一声，从洗手间里出来。周普洛起身，迎上前殷勤地为我披上外套，还问我要不要去隔壁吃个冰激凌。

浪子做了亏心事不会露怯，所以从这一点上来说，周普洛并不专业，尽管，他也是个浪子。

唐嫒嫒笑得花枝招展，她说："小夏，谢谢你们家老周了。"

我摇头："都是好姐妹，何必那么客气呢。"

她说："好啊，那我就不客气了。"然后攀上我的肩头，颇为自信地问，"就不怕我把你们家男人勾搭走？"

我说："如果你有这个本事的话，这男人我剁了喂狗。"

唐嫒嫒一副走着瞧的表情，上车后冲我男朋友摆摆手说："周大摄影师，那下周见咯。"

周普洛笑了笑，做了一个OK的手势。

唐嫒嫒和我在同一家公司，同任部门主管，市场残酷，竞争力大，但我是老员工，凡事压她一头，平日里笑哈哈，但心里都拗着劲儿，谁也不服谁。

前几天她跟我说，想让周普洛给她拍一本写真，于是非要请我们吃个饭，事情就是这么个过程，可结果并不让人愉快。

我瞪了一眼周普洛："人都走远了，还在看啊，长腿丽人，前凸后翘，很美是不是？"

周普洛笑得开心，揽着我的腰说："我是个摄影师啊，职责就是发现美和记录美，当然，还是我们家小夏最漂亮。"

"少来，没个正经儿样。"我白了他一眼。

这句奉承的话，要是三四年前他对我说，我会被折服，内心会甜蜜。但是今年我都27岁了，早已经过了爱情的幻想期。

并且，周普洛是有前科的。

【2】

在自以为是追求真爱的过程里,最让人尴尬的事情是,你喜欢的男人,他看上了自己的闺蜜。

这有点儿狗血,所以至今我仍觉得有点儿不真实,我曾待他那样好,我曾待韩冰那样好,他们俩却勾结起来伤害我。

大多数痛,会随着时间逝去而慢慢淡忘,但也有一些一瞬永恒。

那年我24岁,大学毕业后刚步入职场,懵懵懂懂,不知人间险恶。

公司在新产品的宣发会上,请了新锐摄影师周普洛来为DM拍摄素材,不巧的是,正是我接待的他。

周普洛举着相机说:"不要动,对,就是这样,有没有人跟你说过,你有一张可以和镜头谈恋爱的脸?"

我有点儿蒙,愣在那儿不知所措,涉世未深的我,对付这种花美男的确没什么心得。

周普洛笑了笑,像柠果一样温暖,啪啪啪拍了几组镜头后说:"把手机借我用一下。"

我递过去,他拨给了自己。

于是,我和周普洛就这样认识了,现在想想,情节真是老套,但他的确有一张好看、温暖的脸。

相识一周以后,他约我打羽毛球,然后吃饭、喝酒,正常人的套路,聊完青春聊梦想,最后落在恋爱经历上。

我说:"大学时谈了一个,后来他出国了,无疾而终,有些爱情注定是用来错过的,不稀奇,你呢?"

周普洛灌了一大杯酒,眼神开始变得迷离,他说:"谈了三年,把前生来世都约定完了,最后她去了,一场车祸。"

看着他落落寡欢的样子,我突然有点儿心疼。

周普洛说:"她走的时候25岁,花一样的年龄,那天她在电话里问我,晚上想吃什么啊,我说韭菜馅饺子,然后她包了几十个,用保温盒装好给我送到工作室来,还没到地方……就……"

看着他红着的眼圈,我的眼泪也不受控制地滑了下来。

他温暖地笑了笑,递给我几张面巾说:"两年多了,都过去了,得之我幸,不得我命吧,上天就给了我们俩这么多缘分。"

两个月以后,我爱上了周普洛。三个月以后,他跟我表白,我们开始谈恋爱。

如果没有我的好闺蜜韩冰,我想我们会有一个温暖的家,在城市森林里携风共雨,相依相偎。

可后来我又想,即使没有韩冰,也会有李冰、于冰,或者其他什么人。

他爱我,但不只爱我一个,这才是让我最难过的。

【3】

读书时,老师教我们,三角形是最稳定、不易变形的图形结构。

但老师没告诉我们,三角恋不是。

和周普洛在一起一年以后,韩冰从澳洲回来投奔我,准备在上海安营扎寨。

我把航班到达时间告诉周普洛:"你开车去浦东把人给我接回来,带她洗澡吃饭,好生伺候着。"

周普洛摇头:"我很忙的。"

我说:"那我不管,我一会儿就得出发去杭州,那边有个展会,要三四天才能回来。"

说完我拉上皮箱就走了,不放心地又叮嘱他一句:"少根头发我找你算账。"

韩冰是我大学四年的室友,手帕交,我们俩好得像一个人似的,毕业后她去了澳洲,我来上海打拼,时间一晃三年。

她是个东北女孩,性格大大咧咧,高兴和悲伤都学不会掩饰。所以,当我从杭州回来,看见她和周普洛坐在沙发上哈哈大笑时,并没觉得怎样,哪怕她穿的是睡衣。

韩冰看见我进门便飞奔过来,张开手臂像小鸟一样,热情洋溢地跟我拥抱说:"你老公可真逗,好玩又细心。"

我纠正说:"是男朋友。"

周普洛挑挑眉:"人完完整整交给你了,我得回工作室了。"

那天之后,韩冰就成了我和周普洛共同的好朋友,她有事没事也会往他的工作室里跑,让他给拍几组照片,闪亮朋友圈。

起初,我并不觉得怎样,直到有一次去K歌,他们俩合唱了一首《广岛之恋》,深情对望时,我竟然觉得他们俩很般配。

这个念头让我心头稍稍疼了那么一下。

当然，我还是相信她的。日子就这么过着，转眼到了次年春末，我又被外派出差去大连。

走的时候周普洛来送我，他在候机厅里跟我相拥。我说："我要走一个月，你照顾好自己。"

周普洛揉揉我的头发说："到了给我打电话。"

我抬起头，看着他的眼睛说："等回来我们就结婚吧。"

他迟疑了一下："等你回来再说吧，我们还什么准备也没有呢。"

我点点头，进了安检门，看着他飘忽不定的眼神，心里很不安。每次跟他提结婚，他都有各种理由推脱。

【4】

网上说，防火防盗防闺蜜，这句话用到我身上真是贴切。

25天以后，我出差提前结束，悄悄从大连回来，打算给周普洛一个惊喜。

那天下着小雨，有些冷，我从机场出来，打了个车直奔他的工作室，怀里还抱着一大盒樱桃，都是我亲手去果园摘的。

到了地方，还没下车，我就看见周普洛和韩冰一起从里面出来。他撑着伞，她挽着他的手臂，相依相偎的，亲密至极。

我很想冲下车，一人甩他们一耳光，可直觉告诉我，那样我会更难过。

我让司机把车掉头，回了自己家里，拆开盒子开始吃樱桃，一颗接一颗，眼泪一珠接一珠。

可能是我的反射弧比较长，并没觉得怎么心痛，只是内心无比荒凉。有那么一刻，我甚至想，收拾收拾东西离开上海算了，回老家安居乐业。

同时我也发现，如果我真的离开，竟然没什么人好告别。这个事实，真让人沮丧。

原来，一个人就是一座城，失去了他，也就失去了对一方水土的眷恋。

周普洛回来时，我已经把一盒樱桃吃了大半。他进门后先是一愣，随即笑逐颜开，依旧像柠果一样温暖。

他把伞立在门口说："怎么回来也不打个电话，我好去接你。"

我说："那岂不是耽误了你的好事。"

周普洛皱眉，我不想跟他弯弯绕，盯着他问："你和她多久了，在我去大连之前，还是之后？"

他瞟了我一眼："胡说什么呢，我和韩冰没什么的。"

这智商，真低得感人，我又没说是韩冰。周普洛意识到自己的失言，解释起来，手忙脚乱的。

他说："小夏你听我说，事情不是你想的那个样子，这个事情它……"

说到最后他也没说出个所以然，反而往沙发上一卧，一副死猪不怕开水烫的样子。

我尽量让自己平静下来，不情愿地问："亲了吻了？或者睡了？"

周普洛坐直了，想了一会儿才说："就牵个手而已，又没怎么样，人外国人见面还贴脸呢……"

"滚！不要脸！"没等他说完，我就一个靠枕砸了过去，把他赶出了家门。

果然，男人除了衬衫颜色不同，其他都一样，总希望身边有个好看的，远方再多个思念的，不远不近的地方再有个犯贱的。

我越想越委屈，趴在床上哭了很久。分手，心痛；不分，心更痛。

后来，我还是给韩冰打了电话，是她先开的口，她说："小夏，对不起，我已经很努力地在控制自己了，可还是做不到……我要走了，回澳洲，明天就走……祝福你们。"

韩冰说到最后，哽咽起来，我也忍不住又落了一把泪。

第二天，我还是去机场送了她，七八年的姐妹情谊，大学四年的如影相随，某种意义上来说，那是我整个青春的印记。

韩冰过来抱我，在我面颊上亲了一下，什么也没说就进了安检门。我透过玻璃窗，看见她眼泪在脸上肆意泛滥，忍不住喊："亲爱的，照顾好自己。"

她回头笑了笑，转身走掉了，也许，这一别就是永远。

我们总会在生命中错过很多重要的人，念念不忘，却也慢慢遗忘。

【5】

韩冰走了，来去匆匆，而我和周普洛的战争还远远没有结束。

他来找我认错，这次态度倒是诚恳，冷落了他几天以后，我还是原谅了他。

不然能怎么办呢，爱上一个人，连他的不专一都爱得那么深切，如同歌曲里唱的，"爱情是一种病"。

接下来的日子，周普洛倒是忙活得欢，可能出于愧疚，他对我也更多了一些关心。

沟沟坎坎，挺过来也就好了，我爸妈一辈子也是分分合合，老了老了却恩爱有加，我这样安慰自己，心里却还是很委屈。

没想到的是，不久以后，周普洛来跟我求婚了，这真有趣，以前都是我追着他结婚。

我想嫁给他，很想，可是这一刻突然来临了，我又觉得心里慌慌的。究其原因，还是我在他那里感受不到足够的安全感，尤其是想到韩冰的时候。

所以，我拒绝了。

就这样又拖了一年多，周普洛的事业有了长足的发展，房子也装修妥当，我想，要不就嫁了吧。

可岁月是微酿的雄黄酒，经常啜饮，有人就现了原形。

自从周普洛答应给唐媛媛拍写真以后，经常早出晚归，因为要采外景，所以也会去周边城市，甚至还要住在外面。

有一个周六，周普洛很晚才回来，喝了酒，进门一头就窝进沙发里，睡着了。我热了条毛巾，正要给他敷头时，他的微信响了，划开一看，居然是唐媛媛。

她上来就问："亲爱的，到家没？"然后开始漫无边际地倾诉，有些话更是露骨的暧昧。

我回了一条："还没到家，在外面喝茶醒醒酒，你在哪儿？"

唐媛媛回："你真是喝多了，我在家啊，不是你打车送我回来的吗？"

过了一小会儿，她又发来一条："要不然你来我这儿，小夏要问你就说在外地采景，不回去了。我可是有点儿想你了呢。"

我的手一抖，手机就掉在了地板上。我恶心到想吐，但还是捡起了手机，把最后两条微信删除了，免得被周普洛发现。我倒要看看，他们俩之间到底有什么么蛾子。

第二天中午，周普洛出门，我远远跟在后面，可是周普洛却进了一家咖啡厅，不一会儿唐媛媛也来了。

我打电话给周普洛问："你在哪儿？"

周普洛笑嘻嘻地说："工作室里忙啊，怎么了？"

"没事，晚上早点儿回来，做点儿好吃的犒赏你，那么辛苦。"

我挂了电话，眼泪不争气地涌了出来。

【6】

我们经常会许诺，寄未来于天荒地老，埋岁月于似水流年，可是未来什么样，我们谁也看不见。

两个人能不能走到最后，要看福缘，可是，至少当下，我要是你的唯一，我要在你心里有不可替代的位置。

而人心，总是难得。

我去了菜市场，买了些面粉和韭菜，准备回家包饺子。

周普洛回来时，已经是晚上七点多，刚进门就喊："小夏，做什么好吃的了？忙了一天，饿死我了。"

我过去，帮他把外套挂起来，背包放好，说："先去洗洗手，马上吃饭。"

周普洛看见饺子时先是一乐："你亲自动手包的啊，太好了，好久没吃饺子了。"

我说："那就多吃点儿。"

他夹起一个，一口咬下去后，愣在那儿了。

我说："怎么，不好吃吗？"

周普洛摇摇头，眼神忽明忽暗，一口一个地往肚子里吞，足足吃了二十几个。

吃完饭，收拾好以后，我和他坐在客厅里聊天。他吸着烟，低着头问："你是故意的，是吧？"

我点点头："是的，我是故意的。"

自从他前女友过世以后，他不但不吃韭菜馅饺子，连韭菜也不吃。

我说："很难过，是吧？我也很难过，很伤心，我用了这么多深情，居然换不来你一颗真心。最让我难过的是，连唐媛媛那样的贱人你也看得上，我们可是死对头。"

周普洛不说话，转身进了洗手间，他在里面呜咽，像个女人一样。

我在外边听着，把眼泪吞到肚子里，像个男人一样。

我收拾东西时，周普洛出来了，他说："你别走，我走吧。"

就这样，他走了，没有任何解释，看着他的背影，禁不住想起这几年和他在一起的点点滴滴。说真的，他对我很好，细枝末节里无微不至的体贴：会下厨做好吃的给我；我说上班累，他还刻意学了按摩；会记得和我有关的所有日子，无论多忙，也不会忘记给我打电话。可是，总觉得哪里有所欠缺。

他也说爱我，但从不说爱我什么。

【7】

一晚没睡，第二天，我早早去了公司，打算办离职手续，这个城市，已经再无眷恋。

刚进门，就碰见了唐媛媛，她笑了笑说："你赢了。"

我不想搭理她，刚走几步又被她拦住，她扬起手，把她的辞职审批报告给我看。

我皱眉。她说："两年了，一直被你压着，很不服气，现在想通了，何必争一日之短长，也许换家公司，会有更好的出路。"

我不关心这个，直接问她："你和周普洛到什么程度了？"

唐媛媛哈哈大笑起来，她说："我嫉妒你，嫉妒你什么都比我好。我是想抢你男人，解解心头之恨，可惜，没能成功。"

"就这样吧,估计你也不想跟我做朋友的,再见。"唐媛媛说完就大步走开了。

我正愣神的时候,周普洛把车停在了公司门口,眼圈红红的,满脸的憔悴。他拉起我的手说:"走,带你去个地方。"

我说:"要上班。"

他说:"今天不上了。"然后把我推上车,一路开到一处墓地,从后备箱取出一束康乃馨后,牵着我就往山上走。

"你这是干吗?"我挣了一下,没有挣脱。

他不说话,只是往前走,不一会儿来到一座墓碑前,上面刻着一个名字:傅莹莹。

是他的前女友。

周普洛把花摆好,低声地说了句:"莹莹,我和小夏来看你了。"

他转过身,单膝跪在我面前,从口袋里掏出一枚钻戒说:"小夏,今天在莹莹面前,我发誓,我想娶你,很想。"

他说:"韩冰喜欢我,但她也爱你,所以决定回澳洲,走之前跟我说,做我一天男朋友吧,不干吗,就聊聊天逛逛街,于是,我答应了。我不解释,是因为怕你知道以后更伤心,因为她是你最好的朋友。"

我咬着嘴唇,眼泪含在眼圈。

周普洛继续说:"唐媛媛来找我拍写真,她在公司和你关系不好,所以我尽量好好给她拍着,希望大家能做朋友,好好相处,可是那天她在微信里撩我,所以第二天我就把钱给她退了回去,让她找别人拍。"

他说:"我承认我忘不了莹莹,所以你以前跟我提结婚,我都是找理由拒绝,既然要结婚,你在我心里应该是独一无二的。但现在,我想我准备好了,如果莹莹有灵,我相信她也会祝福我们的。"

周普洛把戒指举起来说:"小夏,求你嫁给我好吗?"

我用力地点点头,眼泪噼里啪啦地就掉了下来。我说:"好,好,是我不好,错怪你了。"

周普洛摇摇头说:"不,为你受任何委屈都是值得的。"

我拉起他的手,在傅莹莹的墓碑前,深深地鞠了一躬。

爱情的路,沟沟坎坎,不经历九曲十八弯,总是难见到真心,但如果那个人是对的,一切磨难,也都值得。

回去的路上,我问周普洛:"你为什么对我这么好,为什么受了委屈也不说出来?"

周普洛看着我笑,像杧果一样温暖,那一刻,仿佛又回到了几年前。

他说:"爱你,就是不问为什么。"

我捂着嘴笑,满眼的泪花。

第二章

也曾鲜衣怒马少年时

爱情是一种病

小时候的我们天真率直,开心了就笑,不高兴就哭,一把糖果就能让内心充满幸福感。

长大以后,开始认识更多的人,有了自己的社交网络,突然发现,一切刚好相反:受到嘉奖时,要表情平静;委屈难过时,要笑脸相迎。

为了保护自己不受伤害,我们就这样戴上了一副"世界太平"的面具。

【1】

有时候,我在装傻,比如他跟我说:"心灵美才是最美的。"
我就说:"是呀是呀,钟离春、黄婉贞还德才天下呢。"
有时候,我是真傻,比如大雨泼天的,给他送什么小王子手绘本。
我骑着自行车,从东城一路蹬到西城,往返七八公里,把东西交到他手上时,他只说了一句:"你傻啊,怎么不打车呢?"

"浑蛋,长脑子没,这可是月底!"我很想仰天长啸,似西楚霸王剑刎乌江一样悲壮，但是，我选择了闭嘴，一点点可怜的自尊让我在一个"富二代"面前，羞于露怯。

他过来擦掉我脸上的雨水，掌心那样的温暖。他甚至还抱了我一下，然后俯在我耳边轻声地说："小夏，你真好！"

我傻乎乎地笑了笑，掉转自行车头，打了鸡血般地消失在雨幕里。

路过某武警大队时，我对着岗哨上帅气的兵哥哥又鞠躬又敬礼，边卖萌边傻笑，我冲他喊："俺哥哥也是个当兵的呢。"

兵哥哥不理我，他当然不会理我，此时，我只是个为爱发了疯的小姑娘，他没有一枪毙了我，已经是他的"渎职"。

所以你看，爱情是病，得吃药。

第二天，一场重感冒来袭，白天吃白片，晚上吃黑片，尽管如此，还是趴窝里整整三天。徐欣怡来找我时，我正在往脸上扑粉，蜡黄的脸实在是没法见人，但看到了她，我决定放弃这个愚蠢的行为。就算我把整盒粉都扑到脸上，和徐欣怡走在一起，仍旧是没法见人。她太美了，如果我是男生，我也爱她，如果我是拉拉……我想上她。

我们并肩走在学校的小路上，她从包里掏出一本《小王子》的手绘本，因为不屑而显得骄傲的脸庞，更加地让人着迷。她跟我说："小夏你看，南风送我的生日礼物，何必呢，明知道我不喜欢他。"

她信手把它丢进了路边的垃圾桶里。

四月上旬，樱花开得正艳，一阵微风拂过，摇落了满地的缤纷。破碎。凄美。

我咬着嘴唇，努力不让眼泪掉下来。那是我花了整整一个月时间,一点一点临摹出来的,现在,成了徐欣怡炫耀的资本。

那真叫人难过。

但比起南风把我的成果随手转赠给徐欣怡,更让我伤心的是,我喜欢的那个人,此刻他的感情正在被轻描淡写地践踏着。

我宁愿那些伤害,由我一个人来承受。

【2】

世间情爱,一个愿打,一个愿挨,所谓和谐的构架,无非如此。

南风不喜欢我,不仅仅是因为我长得没那么好看,也因为我还是个东北女孩,说起话来土声土气。咋了?整啥呢?你看,既不美妙,也不动听。

不像徐欣怡,侬晓得哦?关侬啥事体?属性自带娇媚,这就悦耳多了。

所以,南风喜欢上海姑娘。

并且,徐欣怡有自身的优越感,她自称是明代文渊阁大学士徐光启的后人,就算你历史不好,不知道此人是谁也没关系,那你一定还知道宋氏三姐妹吧,譬如,宋庆龄、宋美龄。对,追溯回去,都是她们家亲戚,叫我们系主任都另眼相待。

而我佟小夏呢,绞尽脑汁也只能想起一个佟丽娅,着实拿不出手跟人炫耀我可能是她失散多年的姐妹之类的,毕竟长相上出入太大,不太有说服力。但她的那首歌我还是非常认可的,《爱情没什么道理》。

是啊，没什么道理，就算卑微如此，还是不能阻止我爱上南风。虽然我知道，我不过是他追求徐欣怡的一个跳板而已。

大二的时候，我和徐欣怡一同加入了学校的广播社。她是个宠儿，一试音就被录取了；我一试音，设备都在抗议，发出聒噪刺耳的电流声。台长面善心良，她说："广播剧那个巫婆不是一直没找到合适的声音录吗？"

于是，我就留了下来。

丑女找不到男朋友，但丑女从来不缺漂亮的女朋友，这几乎是铁律，所以，徐欣怡无论去哪儿，都要拉上我。

大三上半学期，同系的南风来招惹我，央我帮他录一篇小东西，说是圆儿时的梦。为此，他浪费了三包薯片、五袋虾条。何必呢，我对白衬衫通常没什么防御能力的，尤其，他还那么帅。

一周以后，录音文件传给他时，我成为了他的朋友；学校门口吃了几次火锅以后，我和徐欣怡，成为了他的朋友；我觉得自己喜欢上他时，南风正计划着把徐欣怡变成他的女朋友。

这是个纠结繁复的过程，用诗人、作家们拟人的笔法讲，我是那块伟大的垫脚石；借战争术语总结，我是个炮灰；应用到力学中，我是个支点。还有一个人们熟知的词语——电灯泡。

圣诞节前夜，南风决定对徐欣怡表白，财力如他，不缺群众演员。他手捧鲜花，对她甜言蜜语；我们摇旗助威，风儿吹，马儿啸，我的喊声最为卖力，"在一起，在一起……"。

南风有些激动，几度哽咽，他说："欣怡，能做我……女朋友……吗？"

徐欣怡表情甜美，内容狰狞，她说："南风，我真没想到，你是这么不尊重友情的人。"

她走了，留下了他的茫然，甩掉了人群的叹息。我扮演千军万马的动作还停滞在空气中，手持一根木棍，冲上去，全军覆没，退回来，山河破碎。

夜色里，我抹了一把脸，竟然有泪水。

爱情，是病，得治。

【3】

漂亮女生两件宝，大棒加甜枣。

几日后，徐欣怡嫣然一笑，就又成为了南风的朋友，并且，他还被打上了这样一个标签——她的追求者。

对于骄傲的女生来说，这是精神财富。

她们从来如此，不想错过自己喜欢的，也不会放过任何一个喜欢自己的。

樱花落尽了，还没来得及唱一曲《葬花吟》，徐欣怡却扑到我怀里委屈地哭了起来。

她说："小夏，他还是走了。"我讶异，听她娓娓道来。

青年陈垚，校外人士，天桥下抱着一把吉他唱许巍、beyond。愤怒，是他们的灵魂；茫然，是他们的青春；梦想，成为他们堕落和放纵的借口，所以抽烟喝酒睡女人，他们也一样不落后。只有这样，他们的欲望才有处安放。

徐欣怡这样与我诉说：陈垚是她的初恋。高中毕业后陈垚弃学，行走天涯，从川入藏，几经曲折，到了上海再到北京，阅尽了人间冷暖后，他忆起还有往昔的一缕柔情。

他跟她说："我累了，不走了，欣怡，我们一起好好生活吧。"

徐欣怡展开怀抱，抚慰他在风尘中受了一点儿挫创的心灵。于是，她与他住在一起，摒弃所有的骄傲，提前扮演起一个温婉娇妻的角色。

有人说，女人是水做的，所以更加阴柔、包容，心有滔天巨浪，仍可细水流长。

她爱上他，便视他为珍宝，小心收藏，妥帖安放。

心灰意冷的陈垚一开始倒也安分，找了个酒吧驻唱，仔细照顾着徐欣怡，也有很多关于未来的设想。

就这样过了半年，似乎一切都在朝着好的方向发展。

但浪子终归是浪子，他回头，也仅仅是回了一下头，却没上岸。

徐欣怡去酒吧找他时，他正在包厢里与一个浓妆艳抹的女人激烈地亲吻。她没说什么，把手里的糯米粽放到吧台，默默地离开了。

回家时，她质问他。陈垚随意地说："一个烟花俗物而已，何必那么认真呢？我的心是在你这里的，永远。"

徐欣怡悲伤、愤怒，几经缱绻，但最终还是原谅他了，不为其他，只因他是自己爱上的第一个男人。

爱情是病，得治。

我拍着她的后背说："既然你已经决定不计较了，那还哭什么啊，忘了不愉快的，开心起来吧。"

徐欣怡抬起头，泪眼婆娑地看着我说："我只是觉得很委屈，无人诉说，外人看我都是光鲜亮丽，只有我自己知道，我为他付出了什么。"

我惊讶地看着她："你每周都去做兼职，不会是你养他吧？"

徐欣怡点点头，拉起我的手说："我和他住在一起的事，你可千万别告诉别人，不然我死定了。"

我弯起小指，跟她拉了钩。

【4】

小时候的我们天真率直，开心了就笑，不高兴就哭，一把糖果就能让内心充满幸福感。

长大以后，开始认识更多的人，有了自己的社交网络，突然发现，一切刚好相反：受到嘉奖时，要表情平静；委屈难过时，要笑脸相迎。

为了保护自己不受伤害，我们就这样戴上了一副"世界太平"的面具。

哪怕骄傲如徐欣怡，也有不能与人诉说的忧伤，但我很开心，她能与我讲述她的故事，这说明，她当我是值得信任的好朋友。所以，我替她保守秘密。

南风不气不馁，反而更加疯狂地追求着徐欣怡，花样更是层出不穷。"5.20"网络情人节那天晚上，我们在广播社录音赶节目，晚上九点多才完成。

徐欣怡伸了个懒腰说:"饿了,一起去吃点儿东西吧。"

我们刚出学校大门,就看见南风等在那里,怀里抱着一大捧蓝玫瑰,笑得和蔼可恨。

我说:"你们聊,我先走了。"

徐欣怡挽住我的手臂,站到了南风面前,依旧趾高气扬,傲骨凛凛。

她说:"你是又要表白吗?"

南风点点头,把花送上来,那个样子……又卑微,又恭敬,真是让我难过。

徐欣怡摇摇头,她说:"南风,别这样了,如果我能爱上你,三年前就爱上了,何必等到今时今日,我知道你对我好,相识一场不容易,我们还是好好做朋友吧。"

徐欣怡转过身时,表情有些忧伤,她说:"其实我们都是一样的傻瓜,爱而不得。"

我和徐欣怡走了,南风在后面喊:"马上就毕业了,我怕不说就再也没机会了……"

是啊,不说就再也没机会了。

我吸了吸鼻子,徐欣怡问我怎么了,我笑了笑说:"没事,被风吹了一下。"

【5】

爱情总是这样,让人哭让人笑,让人幸福也让人恼。得到的不去珍惜，得不到的永远骚动。

不久后，青年陈垚再次出走，背上一把木吉他，四海为家。他这样不羁的人，本就应该在路上，流浪，或者死亡。

徐欣怡又来向我倾诉，我也只能安慰她，快乐可以分享，痛苦无法分担。

怨怼一会儿以后，徐欣怡收起眼泪，她说："不行，我得去找他，问个清楚。"

于是，她坐上了火车，追随他的身影去了成都。

爱情，是病，得治，让人盲目又盲从。

徐欣怡走后第二天，她与人在外同居的故事，以多个版本在学校里流传起来。我去校园网上看了那个帖子，有很多照片，并做了很详细的注解，毫无疑问，这是真实的。

南风听闻后伤心欲绝，也找我倾诉。

在KTV里灌掉几瓶啤酒以后，他吻了我。

他说："小夏，我们在一起吧，我知道你喜欢我。"

我窃喜，心却难安，这份迟到的表白来得太晚、太尴尬。我明白，我只是个"炮灰"，他们故事里的路人甲。

所以我摇头，红着脸说："你喝醉了，我们回吧。"

第二天，南风当众表白，我拒绝。

第三天，南风再次表白，我拒绝。

第四天，徐欣怡打电话跟我说："佟小夏，没想到你是这样的人，我真是瞎了眼，你喜欢南风自己去追啊，用这么卑劣的手段来抹黑我！"

她以为，校园网上的帖子是我发的。这也不奇怪，因为她的秘密只有我知道。所以说，不要随意承载别人的隐私，大学要毕业时，我终于学到了一点儿有用的处世哲学。

我没有解释，因为那很无力，我只希望这一切快点儿过去，它让我有点儿厌烦，甚至恐惧。

第十天，徐欣怡从成都回来，一脸的灰败。我猜，她和陈垚进展不顺。

在图书馆偶遇时，我低声说："欣怡，那件事不是我做的。"

徐欣怡目视前方，与我交错而过，形同陌路。

那么，也就这样吧。

六月，大学生活结束了，同学里不乏计算机高手，终于帮我查清楚了那个在校园网上发帖揭露徐欣怡私生活的人是谁。

我揣着结果一路狂奔到机场，徐欣怡已经在安检了，她看到我，故意把头转过去，过了一会儿以后，再转过来时，已经是满眼的泪花。

几年的情谊，现在就要散落天涯了，终究是不舍的。

她勉强露出一个难看的笑容，像是说着再见，也像是让一切随风飘散。

我抹了一把眼泪，努力地张张口，终于没把发帖的那个人是谁告诉她。如果回忆注定会有伤痛，那就让我一个人来承担吧。

她隔着玻璃跟我摆手，我做着回应，相视而望，对视而笑。

原来，最后的离别竟是无语。

再见了，我的好朋友！

再见了，我们的青春年少！

我蹲在角落里，看着飞机起起落落，忍不住失声痛哭。机场的保安过来询问我，我摇摇头说："没事，没事，舍不得而已。"

后来过了很久，我把这些说给其他好友时，他们都只是笑笑。或许在他们看来，这只是一件平常小事，是每个人的青春都曾经历过的坎坎坷坷。

可是只有我知道，那对我来说，有多么重要。

我站起身来，回头时看见了南风，我猜，他应该也是偷偷来送徐欣怡的。

他，那么爱她，爱到发痴发狂，爱到不择手段，爱极生悲，爱极生恨。

我走过他时，南风说："小夏你听我说，事情不是你想的那个样子……"

我不想解释，也不想听任何人解释，于是笑了笑，大步走开。

我本来是想骂一句，原来你这么卑鄙。

可他说过，我是个心灵美的女孩子，那我应该言辞得当，行为得体，不求才济天下，但愿能以德服人。

呵呵……

六月正午的太阳很大，稍一抬头，就被光刺痛了双眼，一行热泪滚滚而下。

再见了，我曾深爱过的男孩。把你鲜亮、灿烂的形象留在你深爱的那个女孩心里，是我为你做的最后一件事。

而我，将不会再想念你。

永别，安好！

和自己谈一场恋爱

我们都要学会爱自己,和自己去谈一场持久的恋爱。

【1】

江以为见我第一眼时,问了我一个很尴尬的问题。

他说:"你是女孩子,对吧?"

我骂他有眼无珠、鼠目寸光、狗嘴里吐不出象牙时,他竟然表现得很无辜。

好吧,我承认在外貌上,我稍稍偏离了人类自然生长规律,但在这件事上,我觉得我爸妈有着不可推卸的责任。他们从小就把我当男孩子养,并且教育方式也很特别,凡事靠自觉,也就是说,压根就没有教育,将来成长为什么样的歪瓜裂枣,完全尊从神的旨意。

所以,我时常觉得,我可能是买电磁炉送的。

尤其是他们给我起名字的潦草程度,更加让我肯定,我一定不是他们亲生的。

看得出,江以为在尽量压制自己的情绪,嘴唇微微颤抖,把惊叹句活生生地变成了感叹句。

他说:"你真的叫李十二啊!"

"李十二怎么了?很难听吗?朱重八还是皇帝呢!"

江以为无语,轻微发呆。对付他这种"果冻男孩",我几乎不用发功。

孙奶奶走过来,从口袋里掏出几块糖给我说:"十二,不许欺负小为,不然奶奶要生气了。"

江以为低声地唤了一句姥姥。

我灵机一动,扑过去给了孙奶奶一个大大的拥抱。

"鬼丫头。"孙奶奶摸了摸我的头说,"快去玩吧,过几天就要开学了。"

"好嘞,奶奶最好了,那我带他去我们家看我的神兽去了。"没等孙奶奶答话,我拉起江以为就跑了。

他好奇地问我:"什么神兽?"

"我跟你说,它可厉害了,简直是遇神杀神,遇鬼杀鬼……"

看他索然无味,我淡淡地回了句:"一条小青蛇。"

江以为把手抽回去,本能地往后退了退。

我盯着他看了几秒,然后恍然大悟,哈哈大笑起来:"原来你怕蛇,你一个男生怕蛇?"

江以为摇头,目光飘忽而又……很飘忽。

他说:"我先回去了。"

我再次抓住他的手说:"怕啥,本姑娘专治各种恐惧,今天非给你治好。"

后来，我为自己这个愚蠢的行为后悔了很久。

【2】

我妈第一眼看见江以为时，表情纠结繁复，把问号和惊叹号同时印在了脸上。

麻将桌上的其他三个阿姨，眼睛也像扫描仪一样，把我和江以为看得云里雾里。

"天哪，真是太像了。"

她们七嘴八舌，于是我把目光投向了江以为，他迅速地低下头，脸颊竟然飞起一片云朵红。

这个世界上最不了解自己这张脸的人，反而是自己，因为被别人看得更多，所以，很多人宁可吃大亏，也要挣个面子。

看我有所怀疑，好事的张阿姨把穿衣镜搬了过来。我看着自己，再看看江以为，说了一句实在不该说的话："哇咔咔，你不会是我失散多年的亲哥哥吧，我爸可是在四川做过生意的。"

于是当天晚上，我妈和我爸就大吵了一架。我窝在沙发里偷着乐，心里想：老爸，对不住您嘞，这个锅，闺女真不是故意甩给您的。

我爸似乎感应到了，咬牙切齿，"一阳指"隔空对我袭来。

我佯装负伤，滚回自己房间，又站到镜子前，仔细打量起自己这张脸，再想想江以为的模样，果然很像。

这真是一件神奇的事情。

想起《回到未来》里迈克尔·J.福克斯，为了拯救老爸老妈的婚姻，回到了过去，"哔啵"，电光一闪，世界就此分裂，相当拉风。

难道，他是后世的我，穿越过来阻止我某些暴行的？比如逼着他摸我的"神兽"小青。

似乎，很多物理学家们也提出了"平行世界"的概念，可能是科幻小说看多了，我对这个理论深信不疑，我相信这个世界或者超出这个世界的某个地方，一定有另一个我。

我不知道她在哪里，我们也不曾有过交集，我们依照各自的生命轨迹成长，爱着也被爱着，有自己独立的生活。

也许当我们的生命终结，我们会在某个空间合体，或者去往不同的次元，再次裂变，填补那里的空缺。

我们将以物质守恒的方式永生。

不可思议的是，我竟然在同一个维度的空间里遇到了另一个自己。没有一丝丝防备，也没有一丝丝顾虑，江以为就这么神奇地出现了。

可为什么是个男孩子呢？

呃，这个问题，真让我失眠。

【3】

2008年，有悲有喜，当时我读初三。

"5.12"那天，我们所有人都哭了，学校取消了晚自习，大家守在电视机前，看着大地裂出的一道道伤疤，为四川人民祈福。

我是高中开学前一天才知道江以为是来自震区的。第一次见面，他说他来自四川时，一脸的平静。我以为，一定是其他地方的。

我去问孙奶奶，她说："家里什么都没有了，变成了一片废墟，他爸爸也在这场灾难里……"

我突然有些惊慌失措。

孙奶奶抹了一把老泪，跟我讲起了江以为的事，后来说到他们家是养蛇的时，我疑惑："那他怎么怕蛇啊？"

孙奶奶摇摇头，用毛巾擦了擦眼睛说："他不怕蛇，只是想起了他爸爸。"

我羞愧难当，坐立难安，无地自容，于是当天，我就请江以为去吃了肯德基。

我向他道歉，他只是笑了笑，稚嫩的脸上浮现出的平静，突然让我觉得很伤感。

这一点点的成熟，是用太多东西换来的。

时间会抚平所有伤口。

很快就开学了，我们读了同一所高中，还分到了一个班级。

自我介绍时，同学们都惊呆了，老师拿着花名册仔细地看了几遍，确认无误后才问："你们……真的不是兄妹？"

我摇头，莫名其妙地开心。

老师神游了几秒后对我说："十二，江以为对这边的环境不熟，你离他最近了，以后就把他交给你了。"

老师不说照顾，是因为老师不想让江以为觉得自己是个特别的人，也在背后叮嘱我们，不要把他当成一个幸存者，他和我们一样。

尽管如此，我内心的使命感还是油然而生。

我对老师做保证时，内心有一种很奇妙的感觉，就像在说……我会照顾好自己的。

我坚持认为，江以为是来世的我，乱入到这个世界的，不然怎么可能这么像。

所以我就想，人类或许是以"神识"和"意识"存在的，在这个空间里，我们分男和女，假设换一个次元，也许那里会有男、女和狗男女……

不不，我的意思是说，是以多物种形式存在，也许除了男女，还有第三、第四种性别，也不是男和女才可以生小孩……生出来的，也不是只有男和女。

总之，那是一个多元的、匪夷所思的世界。

【4】

那天以后，我和江以为就一起上下学，本着对他好就是对自己好的原则，我把所有的零花钱都用在了他身上。

我妈虽然平时抠门，但对于给我零花钱这件事，还是很大度的，打麻将一赢钱，就会甩给我几十，若是输了的话……就再要回去。

而我爸压根就不敢资助我，我妈始终觉得在遥远的四川，曾有个"大明湖畔的夏雨荷",你要知道,女人在这件事上的想象力,是令人大跌眼镜的。

后来没过多久,我们学校的所有人就都知道我和江以为这对异性"双胞胎"了,显然,我红了那么一段时间。

只是江以为却很腼腆,说话也是慢声慢语,脸上总是挂着微笑,而眼神里,却有着让人心疼的坚毅。我们所有人都知道,是什么样的伤痛才让他如此。

高二开学的秋季运动会上,江以为报名了3000米长跑,所有的女生都尖叫了,也包括我。

他在赛道上匀速跑着,脸上泛着红晕,像一个移动的、鲜美饱满的水果。有那么一刻,我忽然觉得,他很帅。

我把矿泉水递过去时,有手贱的女生抢了先,我尴尬地伸着手。江以为偷偷地笑了笑,把我的水接过去又喝了一口。于是,我心花怒放。

在他还剩下半圈时,其他所有选手都到达了终点,赛道上只剩下他一个人,孤零零的,让人有些心疼。

所有人都在鼓掌,所有人都在呐喊,所有人热泪盈眶。

一步、两步……我们数着,他跑到终点时,所有人都哭了。

因为我们都知道,地震时,他的腿受伤了,才康复没多久。

我不清楚那一刻为何我们如此多愁善感,但我知道,有一些事,值得我去感动。

中国坚强,四川坚强!

【5】

秋运会以后,所有人看江以为的眼神都变了,从以前些许的同情变成了莫大的尊敬。

他用行动证明了自己,也告诉了所有人,四川人是打不垮的。

他看着我说:"谢谢你每天都陪我晨跑,不然我还真跑不下来3000米。"

我得意地笑了笑:"别忘了你就是我,我就是你,你的荣誉就是我的荣誉。"

他点点头,亮出一口小白牙,晃得我眩晕。

很快,冬天就来了。下第一场雪的时候,一个女生找我,求我把一封情书转交给江以为。

于是,我骂了她,还动了手,莫名地愤怒,也因此得到了一个处分。

我妈疑惑地看着我,对我的行为表示担忧,并提出了批评,作为惩罚,暂不提供零花钱给我。并且几天以后,她还在电话里跟我莫名其妙地说:"那个哈……你懂的。"

我一脸的蒙圈:"啥意思?"

"那个,早恋也不是不可以……但是,最好离江以为远点儿,以后不许再黏着他。"

随后她又嘀咕了一句:"怎么就长得这么像呢……"

然后,我秒懂。

我说:"您这是操哪门子心,我们只是朋友好吧!"

"不管，不听我的话，就绝交。"

"难道，我们有过交情……"

没等她发怒，我迅速就挂了电话，陷入一片茫然之中。

我会爱上另一个我？切。

爱上另一个我有问题吗？切。

【6】

高三来了，学习压力就像一张大网一样，把我们每个人都捆绑起来。

时间只剩下一个概念，一眨眼，一个月，再眨眼，两个月……忙碌而又紧张着。

我问江以为："打算考哪里？"

他肯定地说："川大。"

"哦，211，985。"我低声应着。

"你呢？"

"我技校……哈哈，学厨师，做最好吃的川菜……"

我讲着并不好笑的笑话，和时光一起尴尬。

然后，高考真的来了。

等通知的日子里，我感到无聊，便开始临摹漫画。江以为回四川那天，我决定送给他。

到车站时，我看见他面前站了一个女生，又白又好看，她跟他拥抱，在熙熙攘攘的人群里。

他说:"那我先走,在学校等你。"

女生开心地笑了笑,我读得懂那个笑容的含义,叫作爱情。

我捧着手绘本漫画,站在熙熙攘攘的人群里,也酸涩地笑了起来。

江以为给我打电话,语气轻松又开朗,甚至学会了幽默……只是,他的这些变化我都不知道。

这真让人难过。

他说:"你再不来我可就要走了啊,我跟开火车的司机可不熟,哈哈……"

"啊啊啊,车堵在路上了,我看时间是不够用了……放假我去川大看你。"

我坐在回去的公交车上,翻看着临摹宫崎骏的手绘本漫画,我用彩笔在扉页上摘抄了一段话:

"我始终相信,在这个世界上,一定有另一个自己,在做着我不敢做的事,在过着我想过的生活。"

【7】

庄周梦蝶,不知是蝶梦我,还是我梦蝶。这是我见过的最浪漫的哲学,被很多文人骚客引经据典,泼墨无数。

所以后来我想,我和江以为大概就是彼此的一场梦吧。

终究,还是我先食言了,没有去川大看他,这不仅仅是因为他有了女朋友,更重要的是,我只考了一个普通大学——大专。

大二时,他失恋了,无数个夜晚,我陪他在电话里聊天,仿佛，与自己对话。

他问我过得怎么样，我说好，很好。然后我发了疯地去学习，读书。我答应过他，要去看他的，告诉他一些我的小秘密。

为了他，我愿意成为一个更好的人。

就这样到了大四，江以为跟我说，他要出国了，和女朋友一起，毕业就走。

他问我："还是很忙吗，要不我们见一面吧，不然再见就遥遥无期了。"

然而，我拒绝了。

时间一晃多年，我们终没能再见，他出国以后，就失去了联系。

所以我在想，如果余生我们都无法再相见，那么是否可以说，我们的世界又开始平行了，不会再有任何交集。

就像许许多多从我们生命中走散的人一样，你忘记了他的容貌、声音，甚至名字，可他的的确确在你的记忆里存在过。

这真伤感。

但我们还是要努力地让自己开心起来，就算两个人的世界开始平行，我依然相信，如果我快乐一点儿，另一个世界的自己，也会因为"蝴蝶效应"或者"心灵感应"而变得非常愉快。

我们都要学会爱自己，和自己去谈一场持久的恋爱。

而我们也会逐渐成长，在每个年龄段里做一些该做的事情，恋爱、结婚、生子，有一天，你也会推着婴儿车在大街上幸福地走着。过去的，就是过去了，随着春风夏雨，一起淹没在时光里。

所以，你要快乐，以终将幸福的名义。

后来，我们终于学会了如何去爱

——借以此文怀念三毛

"不要去看那个伤口，它有一天会结疤的，疤痕不褪，可它不会再痛。真正的快乐，不是狂喜，亦不是苦痛，从我的主观上来说，它是细水长流，碧海无波，在芸芸众生里做一个普通的人，享受生命一刹那间的喜悦，那么我们即使不死，也在天堂里了。"

【1】

那一年，我们十七岁，在一个小县城里读高中。

我们有一个共同的小电台，我负责写稿，绿子负责录音，然后我们放给自己听。

有一天，不知道绿子从哪里找来一本书，疯狂地读了起来。过了两月，她跟我说："小夏，我要读她的故事。"

她的眼神倔强，不容置疑。

我看了看那本书的名字，然后问她："你了解三毛吗，就要读她的故事？"

绿子咬着嘴唇，眉毛稍稍皱起。

当我告诉她，三毛自缢于一条丝袜时，她有些怨毒地看着我，然后眼泪大滴大滴地流了下来。即使，在失去第一份爱情的时候，她也没有这样哭过。

她打开录音设备，调好麦克风，大声朗读起来："有时候，我多么希望能有一双睿智的眼睛能够看穿我，能够明白、了解我的一切，包括所有的斑斓和荒芜……"

她一遍一遍地朗诵着，一声大过一声，最后变成嘶喊。那些字节一个一个被抛出去，砸在墙壁上又弹了回来，似乎，要在人间撞出个巨大的缺口。

我看着她发疯，却又无能为力，我们彼此信任，但从不彼此慰藉，我们有着不同的寂寞和孤独，在那个忧伤无法自持的岁月里，我们都在不易地挣扎。

我从来没有告诉过她，早在两年前，我就喜欢上了那个为爱行走的女子。很多很多个夜晚，我的灵魂陪她一起穿越撒哈拉。我在晨光熹微中，在大雨滂沱的夏天，读她的《雨季不再来》，而那个时候，三毛的爱情，已经陨落在马德里的夜空里。

绿子，你看，我们爱的是同一个人，却依旧无法彼此温暖。

绿子用了大把的时间去搜集三毛的资料，甚至还找出一段她的录音。后来，我有点儿后悔，不该对她这样残忍。

如果我假装不知道，她是不是就不会那么忧伤，或者这忧伤可以来得再迟一些呢？

譬如，那个叫麦洛的男生。

我说"别傻了，麦洛根本就不喜欢你"时，绿子怔怔地看着我。于是我拉起她的手一路狂奔，然后在操场边指给她看："你瞧你瞧，靠在他肩上的是另一个女孩。"

初中毕业的那个夏天，绿子对爱情的所有幻想，被我亲手扼杀。我觉得，在某一刻里，她恨极我了。

我，也恨极我了。

已经毕业分道扬镳，各自要去往不同的地方，我为什么还要让她看到人性里这么丑陋和虚伪的一面呢？

她咬着牙不说疼，她在电台里和自己对话，看我时目光微凉却又笑得温和。

后来，遇见清河时，我才明白，她所有的卧薪尝胆，都是在等这一刻的复仇。

她说："小夏、小夏你去看，我们殊途同归，都是被爱情抛弃的孩子。"

我凝视着绿子，她便痴痴地笑，说："去啊，去告诉他啊，你傻吗？"

我不动，她却自己跑了过去，推开站在清河旁边的女生说："有个人更爱你，她叫顾小夏。"

她扯着清河的手一路奔跑，打开我们的电台给他听。

绿子说："你听你听，这些都是她说给你的话，四百多个日夜，她就这样跟你倾诉。"

清河甩开她的手,有点儿不知所措。

绿子不依不饶,像个刚离开父母的小兽一样,莽撞而又狂热。她把他摁到椅子上,把耳麦强行塞到他的手里。

清河起身带翻了椅子,出门时与我擦身而过。我落拓地站在门口,茫然地看着更加茫然的绿子。那一刻,我无法得知,我们谁更需要安慰。

她跑过来,拉起我的手说:"小夏,不怕不怕,我会陪着你,不离不弃。"

绿子把我拉到电台前,折断我录给清河的光盘,笑盈盈地说:"我们还有电台,我们爱它如生命。"

小电台又重新运转起来,我们整理三毛的书籍和资料,一期一期录好。十七八岁的我们,是那样热衷孤独,又害怕孤独,我们的灵魂穿越雨季,行走沙漠,就算再疲惫和艰难,也仰着脸假装坚忍不摧。

有些爱情,终不能得。

绿子在电台里朗读:"如果有来生,要做一只鸟,飞越永恒的、没有迷途的苦恼……"

三毛写给自己,我们读给我们,可两个孤独的孩子,终究没能彼此拥抱。我早就知道,我们是同样的人,都是那种离开爱情滋养便会迅速枯萎,又从来不相信爱情的人。

冬天来时,绿子又遇见一个叫瞳逸的男生,犹如惊鸿一瞥,所有的心事花事全部沉沦。她坚信他是个前朝男子,可以带她回到那个远古的帝王年代,他泛舟,她采荷,听箜篌之声,奏琴瑟和鸣。

她全身心地投入这场与岁月相争的恋爱，我们的电台也因此被搁置起来。我真的希望她从此变成一个笑靥如花的女生，穿亮色的裙子，戴七彩的花环，忘却这世间所有的烦恼，琴瑟在御，莫不静好。

　　可是，我不知道，过早地看到结果是不是一种悲哀，抑或是比同龄人经历得更多一点儿，就注定要承受这种结果。

　　亲爱的绿子，我要怎么告诉你，你爱情的燃点那么高，爱上谁都会把彼此焚为灰烬。

【2】

　　我拂去电台设备上的灰尘，开始自己录音，现在，它属于我一个人。我读顾城，读海子，他们把我带进了一个未知的世界。黑夜没有给我一双黑眼睛，我只看到了一片茫然，我面朝大海，却不曾春暖花开。

　　年少的我，没法参透这世间生死，也许，他们并不是厌倦了，抑或是看破了，他们，只是回去了那个来时的地方。

　　绿子跟我说起瞳逸，喋喋不休，她在炫耀什么，又或者在恐惧什么。大抵，每个没有安全感的人都是这样，渴望一切可以拥抱的温暖，又对一切温暖充满质疑。

　　她的恋爱，谈得毫无章法，凛冽而又混乱。瞳逸说"你穿粉色的裙子好看"，她的眼里就再也没有了桃红；瞳逸说"一点儿辣不吃很不时尚"，她就黑米粥里也撒一点儿辣椒粉；瞳逸说"我没有钱用了",她就四处去借,甚至挪用了学费。

年轻的女孩子爱起一个人来,不计后果。可是,那又怎样呢,她快乐就好,我们总不能因为畏惧死,而不去生吧。

如果有些伤害注定是要承受的,不如,就让它来得早一些。

为了长大,我们总得付出点儿什么。

我把录好的电台放给绿子听,她迎着阳光,淬着笑脸,把手放在我的脸颊上一寸一寸抚摸,她的手指寂寥修长,她的眼泪又大又甜。

她说:"为何还是如此寂寞?"

她对着麦克风,轻声地朗读:"雨下了那么多日,它没有弄湿过我,是我心底在雨季,我自己弄湿了自己……"

她对瞳逸说:"对不起,我想通了,你不是前世那个摆渡的男子,这红尘有你太多的眷恋,你无法带我梦回前朝,也对那个世界从无向往,我们的缘分可能就这么多吧。"

她结束了这段感情,这一次恋爱,历时三个月零四天,比上一次,短了半月。

她不哭不笑,一切如旧,仿佛这不过是昨夜的一场梦境,只是她的指尖从来不曾如此地冰凉。

瞳逸反过来追她,对她前所未有地好,他来乞求一次机会。绿子摇着头,她说:"不是你的错,是我自己的问题,我用力过猛,把所有的爱一股脑儿地砸向了你,而现在,我没有力气了。我知道你可以对我很好,只是,我不需要了。"

瞳逸依然不放弃,他在流泪时,我看见绿子眼眸里流露出的微微厌恶的神情。

这一次,她又亲手溺杀了自己的爱情,没有怨言。

她开始录音,不聒不噪,只是那朵叫寂寞的花却越开越艳。我坐在雪后的阳光里,透过窗口看外面的世界。

绿子在电台里朗读着:"不要去看那个伤口,它有一天会结疤的,疤痕不褪,可它不会再痛。真正的快乐,不是狂喜,亦不是苦痛,从我的主观上来说,它是细水长流,碧海无波,在芸芸众生里做一个普通的人,享受生命一刹那间的喜悦,那么我们即使不死,也在天堂里了。"

我走过去,搭着她的肩膀,看着她的眼睛说:"不要再骗自己了,你从来就没有爱上过爱情,你只是爱上了一种信仰,一种根本不存在的信仰。你把自己丢在黑暗里,去跟这世界说,看不到光明。三年,你谈了七次恋爱,哪一次不是临阵脱逃?"

绿子站起来,注视我良久说:"那你呢,你在逃避什么,又相信过什么?从四年前我妈妈嫁给你爸爸那天起,你就对这个世界充满了敌意,你坚守你的孤独,又希望别人理解你的孤独。最起码我还敢去尝试,你呢?你不过是躲藏在自己的世界里,舔着自己伤口的可怜人。"

绿子红着眼圈,又笑得灿烂,她说:"顾小夏,我早就跟你说过,我们殊途同归。"

是的,我们殊途同归,就像刺猬爱上玫瑰,连拥抱都会伤痕累累。

我们不遗余力地去剥掉彼此灵魂的外衣,以狠戳对方伤口为乐趣,小学六年,初中三年,高中又三年,我们像两个无家可归的孩子一样,相依为命,却从不能彼此安慰。

我们都在责备是对方破坏了自己的家庭,虽然我们都知道,事情不是那个样子的。

【3】

小学一年级,我和绿子是同桌,最好的伙伴,去厕所也要牵手一起的那种。

我们一起学习,一起玩闹,一起躲在角落里偷看漫画书,彼此倾吐心里的小秘密。

然后我们升了初中,十三岁时,她跟我说:"小夏,我好难过,我爸妈最近总是吵架,似乎是要分开了。"

我拉着她的手,擦掉她的眼泪。我说:"不怕,我陪着你,无论遇到什么困难。"

后来,我爸妈也开始闹离婚,我妈妈一气之下,去了很远很远的地方,留下我一个人。那段艰难的日子,绿子始终在我身边。

很快我们十四岁了,绿子的父母离了婚,我父母也办了手续。我们几乎同时,成为了被爱抛弃的孩子。

就在我们相互温暖的时候,我爸爸告诉我,他要结婚了,要娶绿子的妈妈。我哭,我闹,我喊,但终究,我也只是一个孩子。

他们结婚那天,绿子在左,我在右,我们眼神恶毒地看着对方,指责对方破坏了自己的家庭。

命运就是这样一个神奇的东西，我和绿子莫名其妙地成为了姐妹，又莫名其妙地住到了一间房子里。

遗憾的是，越亲近，就越有距离。从那天之后，我和绿子开始相爱相杀，彼此心里都有一道无法逾越的鸿沟。

我们以打击对方为乐趣，看着对方掉眼泪，又忍不住伸出手，试图抚平对方的伤口。

回望过去，真不知道我们是怎么熬过来的。

值得庆幸的是，一切就要结束了，我们的大学来了。

【4】

如此艰难地，我们也长大了。

我们把忧伤悉数揉碎，藏在一个看不见的角落里，并发誓要与年少的柔软和脆弱决裂，去开始另一种新的生活。

绿子问我："你考哪里，我跟你一起。"

我没有拒绝，也不忍拒绝，我们曾一起走过那么漫长的一段岁月。后来，我们一起去了传媒大学，选了播音主持专业，有了自己真正的电台。

只是，她没有再读三毛，我也没有再读顾城和海子，我们就这样把记忆搁浅，受了一点点微不足道的小伤。

我很高兴看到绿子的眼睛再次明亮，不再寡言少语的她，像一颗被灌溉得饱满丰润的果实，慢慢地鲜艳起来。

这样的女孩子，从来都不缺乏追求者，很快，她又恋爱了，和一个叫西川的学长。我跟她说:"你每一次有恋爱的苗头,我都心惊肉跳,这一次,你能不能争口气?"

绿子笑得灿烂,她说:"这一次,不一样。"

是的,这一次,不一样,她终于学会了如何温和地去爱一个人,能够平静地与人相处。往事在岁月里留下了回声,跌跌撞撞的,但也都值得。

在她的爱情不紧不慢进行的时候,我遇见了高漾,一个生性不羁、穿宽大T恤的男孩子,瘦得像一株在荒野里独自摇摆的狗尾草。

我一直以为,我会再爱上如清河那样一个安静美好、语态温和的男孩子,可爱情真的来时我才发现,那些坚持,只如鸿毛。

绿子笑着看我,她给了我鼓励:"去爱吧,哪怕会受一点儿伤。"

我回以一笑,终归,她要比我坚强。我挽着高漾的手说:"就算是一场灾难,我也要去为爱情奔赴这场浩劫。"

高漾皱着眉,他当然不懂我在说什么。为了一场长大的爱情,我们注定要有所承受。

那天以后,我和高漾展开了一段长达两年的恋爱,他自由随意,总是有些稀奇古怪的想法,自我纠结,自我烦恼,他总说要怎样怎样,却从来不知道自己真的想要什么。

所以,等他终于知道自己想要什么的那天,我们分手了,是我先提出来的。

我们拥抱,为此落了一些泪。他歌唱得那么好,表演也那么好,是该有自己的梦想,我不能做束缚他梦想的绑绳。

有些离开，是为了成全。很高兴，在这场爱情里，我终于学到了点儿什么。

高漾随剧组离开那天，发了一段语音给我，他说："等我，不许再说那样的傻话。"

我笑了笑，眼睛有点儿湿润。

我跟绿子说时，她的爱情也正陷入烦恼中，西川的大学已经结束，正在办理去美国的手续。我问绿子怎么决定时，她笑得明亮。

绿子说："我已经临阵脱逃那么多次了，这一次无论如何我会坚持。如果他不负我，我会等他；若他一去不返，我只当这是一场修行。"

我笑了笑，把她抱在怀里，这个真心的拥抱，我欠了她七年。

高漾走了，西川走了，我和绿子在网上做了一个电台，日子仿佛又回到了十七岁时的那个夏天，我写稿子，她录音。

一切如旧，一切又是新鲜的。

绿子对着麦克风，轻声地读三毛的《雨季不再来》："就是时光倒流，生命再一次重演，我选择的仍是这条同样的道路。"

青春历经风雨，如今我们都长大了，也终于学会了如何去爱。

青春，像一场来不及告别的梦

我依旧每天晚睡晚起，做事粗枝大叶，学不会照料自己。

窗前的海棠开了落，落了开，年复一年。百无聊赖中，我竟也习惯了这样潦草的生活。

时间，真是个可怕的东西。

如果不是孟小西从马德里回来，我都快忘记了，原来，我也曾是一个有故事的人。

【1】

我叫林夏，北方女子，粗咧咧的性格，很不讨喜，所以，跟我能谈得来的人不多。

孟小西是其中一个。

她在机场跟我拥抱，叽叽喳喳，像个永远都不会长大的孩子。

我说："你还是老样子，没怎么变。"

孟小西眼珠滴溜溜地转，笑得很甜，她说："没办法，走到哪儿我都有一颗柔软多情的中国心，即使在遥远的西班牙，最想念的人还是你。"

我说："喏？"

她脸微红，又快速补充，还有青南。

我笑了笑，拉着她的手回了家，刚跨进门槛，孟小西就又退了出去。

她说："等等，先让我平复一下，请原谅我是个处女座。"

我有一项特殊技能，无论收拾得多整洁的房间，只要20分钟，就能把它搞成一个杂货铺。所以，整个大学时光，这也是我和赵青南吵架最多的原因。

那时候，我们同住，每一次，孟小西都会在最短的时间内把房间复原。

这也是她最大的本事。

我去厨房下面，孟小西卷起袖子做劳模，没用多久，房间就焕然一新，地板亮得都有些晃眼。

我说："真怀疑你在西班牙是做家政服务的。"

她把手背在身后，看着我笑，胸脯挺得高高，神情得意而又满足，那个样子……真像是个在讨糖果吃的孩子。

这不由得让我想起以前我们共度的那些时光，长长短短，日子一晃就是三年。

一起走过的路，一起唱过的歌，多少个晨昏多少场夜雨，有些东西，早已经植根在心里，如影相随，再回头看时才发现，我一直很想她。

我替她解掉围裙,拉她坐下来吃面。

晚上,躺在床上我问她:"真不打算回家吗?"

孟小西摇头:"不回,有我无他,这关乎气节。"

"何必呢,怎么说也是你亲爸,再婚也是他的权利。"

孟小西不理我,翻了个身双手托着下颌问:"林夏,青南她……过得还好吗?"

她啊……或许吧,我玩弄着手机侧键说:"一直没再见,倒希望她过得不好,有一天在我面前低头认错。"

手机屏幕亮了暗,暗了又亮,我又说:"这也没什么意义,那就还是希望她过得好吧。"

孟小西"哦"了一声,翻回身去,眼眶有些湿润。

往事太深沉,连碰碰都不忍心。

【2】

如果说这个世上还有一个人是最懂我的,那非赵青南莫属。

遗憾的是,我们惺惺相惜,但从不彼此温暖,却是相爱亦相杀。

而孟小西就是我们之间的调和剂,她是个活泼的女孩,走起路来像果冻一样,一跳一跳,有点儿婴儿肥的脸,看上去很可爱。

那时还是大一,我在食堂看见一个调皮的男生从孟小西餐盘里抢走了一块肉,她再抢回来时,该男生碰洒了一碗滚烫的汤,正好浇到她的腿上，孟小西疼得哇哇大哭。

我走过去，端起餐盘扣在了那个男生的脸上，然后扶着孟小西去了诊所。于是，我们就这样相识了。

时常觉得，这世上所有的巧合都是早有预谋的，不然，哪有那么多一见倾心。

从那天开始，孟小西就开始黏着我，叽叽喳喳，讲东讲西，不停地吞吐着心里的零零碎碎。

所以我想，她应该也是个害怕孤单的孩子。

可是，我不太喜欢与人过分亲近，总觉得一旦承载了某个人太多的秘密，就意味着要对她负责。

而我，确实不想对谁负责。

所幸，大一下半学期要结束时，我认识了赵青南，表演系红得发紫的人物，学校广播站、话剧团的一姐。

据说前站长、副团长看她都颇为不顺眼，然后，这些人就一个一个都滚蛋了，没有人知道赵青南是怎么做到的。

对很多人来说，她是一个美丽的谜，满身的棱角，连微笑都能硌到人。

她和我说："林夏，我们做朋友吧。"

我知道，越骄傲的人内心越孤独，所以，我一点儿都不惊讶。

因为，我懂她。

把她捧红的那台话剧，剧本出自我手。从上百份征稿里精挑细选之后，赵青南笑着说："就是它了。"

是的，那么多剧本里，只有我刻画出了她想要的样子，因为，在某种意义上我们是同类。

在现实生活中，遇见另一个自己是会有欣喜感的，所以，我们开始走近彼此。

不久以后，赵青南跟我说："林夏，出去住吧，这里太吵了。"

于是，我带上了孟小西一起，我们三个在外面租了个房子。

三个寂寞的孩子，从此开始恩怨纠葛。

命运是个神奇的东西。

【3】

孟小西见到赵青南第一眼时，惊为天人。

她含羞带笑地看着她说："你真美。"

是很美，很多人都说她有刘诗诗的风骨。

赵青南揉揉她的头，又在她脸上掐了一下，孟小西的脸迅速红了起来。

后来我每次回忆起那个场景，都觉得不可思议，我从没见过赵青南和谁如此亲昵过。

于是那年初夏，我们三个女孩有了自己的小天地，我们在里面唱歌、跳舞、吃火锅，当然，也有不睦。

我和赵青南第一次吵架，是因为她突然带了个男生回来，当时孟小西正要去洗澡。

我没给她好脸色看，直截了当地说："以后别往家里带些不三不四的人。"

她斜了我一眼:"有本事你也带一个回来。"

我说不屑,然后看着那个男生说:"本姑娘也要洗澡了。"

男生尴尬地笑了笑,走了。

赵青南把手里的包往桌子上一摔,她说:"林夏你什么意思?"

我说:"没什么意思,就是不许大晚上有男生进这个门。"

于是,我们争吵起来,很凶,几乎摔了水杯。孟小西站在中间,左右为难,急得眼泪都快掉了下来。

从那以后,赵青南就早出晚归,平常很难见到人影。

孟小西趴在床上跟我八卦,她说:"青南可能恋爱了,那个男生似乎不错哎,听说歌唱得很好。"

我白了她一眼,说:"与我何干。"

孟小西摇着我的手说:"不要这样嘛,大家都是好姐妹。"

其实我和赵青南都不是斤斤计较的人,隔了几天以后,她送给我一包零食,说是家里托人带来的土特产,于是,我们握手言和,既往不咎。

孟小西凑到她身边,神秘兮兮地问:"老实招来,是不是恋爱了?"

赵青南笑了笑,不言而喻。

后来我从孟小西嘴里了解到,那个男生倒还真的不错,家境优裕,才情俱佳,在系里也算小有名气。

以赵青南的姿态,太差的估计她也看不上。

时光就这样慢悠悠地走着,一转眼就到了大二下学期。

孟小西越来越黏人,不停地跟我提赵青南,追她的话剧,听她的电台,像个脑残粉一样,盲目地崇拜着。

是的,赵青南越来越红,名气越来越大,人也越来越忙,不停地参加各种活动,甚至还接了一些商演。

有一天晚上下雨,她凌晨两点多才回来,似乎喝醉了酒,趴在洗手间里呕吐。

孟小西跑到我房间里来,摇醒我说:"林夏林夏,我听见青南在洗手间里哭了。"

我翻了个身,不理她。孟小西又转到另一边说:"去看看她呗,好像不对劲儿啊。"

我操起一个枕头砸过去:"要去你去,别来烦我。"

孟小西"哦"了一声,就出去了。

第二天出门时,赵青南画了一个精致的妆,依旧一身傲骨,盛气凌人。

我说:"你没事吧?"

她说:"你希望我有事?"

我说:"贱人。"她只笑了笑。

不久以后,学校门口经常会有一辆宝马车来接她,风闻是某某"著名导演",一时间流言四起。

有一个版本说,那个男生甩了她,和另一个女生在一起了,赵青南一伤心,就勾搭上了这个导演。

我和孟小西找了很多地方,最后才在话剧团的化妆室里找到她。

只有她一个人，坐在镜子前看着自己的脸发呆。

我说："是真的吗？"

她说："真的如何，假的又如何？"

我说："你最好别犯贱，那些混娱乐圈的能有几个好东西。"

"装什么圣母婊，见得多了。"赵青南闭上眼，把头仰在座椅的靠背上说，"劳您费心了，您二位还是请回吧。"

孟小西站在她旁边，轻轻地叫了她一声，满是担心。赵青南伸手拍了拍她的腰说："回吧，我没事。"

"哦。"孟小西应了一声，被我拉走了。

【4】

陈末北来跟我表白时，我有点儿发蒙，隐隐约约地觉得，似乎在哪里见过。

他比比画画地说："那个食堂……孟小西。"

我想起来了，那天我把一个餐盘扣在了他脸上。

我说："我不会跟和女生抢肉吃的男生谈恋爱，你还是离我远点儿吧，免得我再伤着你。"

孟小西听说这件事后，笑得很大声，她说："陈末北那人不错的，摄影技术一级棒，还是我老乡，要不你考虑考虑。"

我说："不错你收了啊，往我这儿推啥？"

孟小西笑了笑说："星座不合。"

她把脸凑到我面前，欲言又止。

我说："别再跟我说赵青南，我耳朵都快起茧子了。"

孟小西说："可是，我很担心她……要不你再去劝劝她吧，我嘴笨。"

我说："放心吧，她又不是小孩子，精明得很。"

不久以后，陈末北又来找我，举着相机给我拍照，我说："你要干吗，不怕我把你相机摔了？"

陈末北咧着嘴笑，他说："你这么美不拍下来多可惜啊？"

孟小西提醒了他一句："你要是再盯着她看，我可不敢保证林夏不会摔了你相机的。"

陈末北说："你不懂，摄影师就是发现美和记录美的。"

"对，还有破坏美！"赵青南不知什么时候凑了过来，她说，"你们玩摄影的都有职业病，逮着姑娘的脸就往死里看。"

陈末北很阳光地笑了笑。

赵青南说："赶紧滚蛋吧，你这张脸不符合林夏的审美观，她喜欢大叔，胡子拉碴那种。"

我走过去挽起陈末北的手臂说："我喜欢什么，与你何干？"

赵青南白了我一眼说："无聊。"

尝到点儿甜头的陈末北开始疯狂地对我展开追求，孟小西也在推波助澜。大二要结束时，我给了他一个试用期，那天，他笑得心花怒放。

其实仔细看他，倒也有些可人之处，阳光灿烂，性格活泼，虽然笑起来没心没肺，但心思倒很细腻。

而这些，正是我缺乏的。似乎也有人说过，爱上一个人，大约就是爱上他身上自己不具备的品质。

【5】

后来想想，那个夏天真的是发生了太多事情。

学校里有几个女生站出来，说是被经常和赵青南混在一起的"著名导演"给骗了，其实，他就是个文艺流氓。

在孟小西的软磨硬泡下，我又一次去找赵青南，开门见山地问她："他许了你什么好处，接片子，拍电影，然后潜规则？"

我说："你想出名是不是想疯了？"

赵青南站到我面前，一字一顿地说："别管我的事。"

那天晚上，她没回来。孟小西始终没睡，魂不守舍，在客厅里走来走去，赵青南的电话打不通，她就来磨我。

我说："她不是小孩子了，你能不能安静会儿，去睡个好觉，这都十二点多了。"

孟小西看着我，咬着嘴唇，眼圈微红，隐隐有些愤恨。

不一会儿她换上衣服，我说："你干什么去？她说不用你管，自私鬼。"

我×……我穿上衣服，追了出去，拦着她喊："你不觉得你关心得有点儿过分了吗？"

孟小西手搓着衣角，她说："我知道他们去哪儿了……"

"啊？"我盯着她。

孟小西低下头说："我看她微信了，那个导演约她，说得很暧昧，还答应给她一个第二女配角。"

真晕……简直无语。我打电话给陈末北，让他把相机带上。

我们三个偷偷摸摸地进了那家酒店，我扮演服务员敲门，正是那个导演开的，陈末北举起相机就拍，我和孟小西冲了进去。

赵青南穿着睡衣，表情平静地看着我们，笑了笑说："谢谢！"

在回去的出租车上，相对无语，我们什么也没问，她也什么都没说，后来，就再也没见过那个导演。

那段日子，孟小西几乎是寸步不离地黏在赵青南身边，用这种无力的方式，杜绝着某些她以为的意外事情发生。

只是不久以后，孟小西自己却不见了，整整三天，找遍了所有地方，打遍了所有电话，还报了警。

那天下雨，我、青南还有陈末北继续找，依旧没任何消息，等我们回来时，却发现她坐在楼下的台阶上，已经被淋成了落汤鸡。

她扑倒在赵青南怀里，号啕大哭起来，很委屈很委屈。她说："我没带钥匙，也没带钱包。"

在她病了三天以后我们才知道，原来小西的爸爸再婚了，而她一直期望她爸爸妈妈复合。

在很多笑脸背后，都有一个忧伤的故事。

【6】

大二生活结束了，孟小西发誓再也不回那个家，于是暑假跟赵青南去了青岛，然后勤工俭学。

再开学时，孟小西跟我说，其实青南的高傲、坚强都是伪装的。

我说过，我懂她，又怎会不知。

赵青南的父亲在病床上躺了两年，家里还有一个弟弟在读高中，整个家就靠她妈妈和她在撑着，她把所有的精力和时间都用在了赚钱上，兼职、演出、做家教。

我知道她和那个"著名导演"混在一起为了什么，相比于我们，她只是更早地把自己交给了这个世界。

我和陈末北的感情在正式确立关系以后，有了新的突破。正如孟小西所言，他是个靠谱的男生，懂得照顾我的情绪，所以，更多的时间我都是和他在一起。

于是，孟小西不再来黏我。现在，她每天都围在赵青南左右，像只麻雀一样，说东说西。有时候，我们也一起聚聚餐，去K个歌，日子也就这样过着。

到大三下半学期时，孟小西似乎出了些问题，总是一个人坐在阳台上发呆，要么就写写弄弄，变得越来越孤僻。

一个活泼可爱的女孩子，突然学会了沉默，总是叫人生疑的，我去问她："恋爱了？"

孟小西点点头又摇摇头，脸上泛起了潮红。

我拍拍她的肩膀说："加油。"她便给了我一个温暖的笑容。

过了几天，她突然从学校跑了回来，躲进房间里号啕大哭，我和青南叫了很久的门她才开。

孟小西眼泪汪汪地说:"他拒绝我了。"

赵青南和我同时张开了手臂,她却扑到赵青南怀里,再次痛哭起来。

我想,终究还是青南更懂她一些,她们彼此也更加信任一点儿。当然,我并不嫉妒。

我悄悄退出房间,后来也不知道青南怎么安慰她的,孟小西竟然大吃大喝起来。

我独自笑了笑,自己还真没这样的本事。

那天之后,青南无论做什么,都会带上孟小西,幸好,我还有陈末北。

我这样说时,陈末北笑我:"嫉妒啦?"

我莞尔,多少还是有一点儿,毕竟,在一起生活了三年,而且,马上就要毕业各奔东西。

现实的问题说来就来:毕业后我们要去哪里?干什么?

孟小西躺在草地上,头枕着赵青南的腿,她问我:"林夏,有什么打算?"

我想了想说:"随遇而安,赚点儿钱能养活自己就好,你呢?"

孟小西摇摇头,她翻过身看着赵青南问:"你呢,青南?会进演艺圈吗?"

赵青南拿掉盖在脸上的报纸说:"或许吧,如果有这样的机会。"

孟小西犹豫了一下问:"那你红了,会不会忘了我们啊?"

赵青南挑挑眉毛,故作神秘地说:"如果红了的话……就把你们全部拉黑。"

孟小西伸手去抓她，然后两个人滚作一团。

那天的阳光很好，天很高很蓝，四月的微风徐徐吹过，每个人的心事也缓缓流淌。

赵青南跟我说，她要自导自演一部微电影，作为毕业作品拿去参赛，想让陈末北帮她。

我说好。

跟陈末北说时，他却直摇头："我也要准备毕业作品的，哪有时间，现在大家都忙得要死要活。"

看我不高兴，他又笑起来说："好好好，帮她拍就是了，大不了少睡几个懒觉。"

我笑了笑，在他面颊上吻了一下。

【7】

赵青南的微电影断断续续地拍了差不多一个多月，陈末北还要忙自己的事情，所以我和他见面的时间越来越少。离校的时间越来越近，我甚至有点儿后悔，不该把陈末北借给青南，可是，我又希望她的作品能获奖，这对她的发展会很有帮助。毕竟，陈末北的拍摄技术是超赞的，也做过很多这样的短片。

那天他们又拍摄，已经晚上十点多了，我买了消夜给他们送去。刚一进门，我就看见陈末北和赵青南抱在一起，热烈地亲吻。

我没打扰他们，悄悄地退了出去，回到家洗澡睡觉，一切如旧。

第二天,第三天,我不动声色,是因为我不知道该怎么去面对。

对我来说,这太残忍。

一周以后,赵青南的微电影杀青。陈末北在微信上跟我说,毕业以后他可能去上海发展……既然不能在一起,要不,就散了吧。

他用的是陈述句,所以,我什么也没说,直接把他所有的联系方式拉入了黑名单。

我问赵青南:"为什么?"

她抱着肩膀,倚在门框上,没做任何解释,只是说了句:"你该感谢我,这样的男人不要也罢。"

我抓起茶几上的水杯,狠狠地摔了过去,像我的心一样,碎得稀里哗啦。

我说:"恶心,真让人恶心。"然后我回了卧室,趴在床上失声痛哭。

我知道为什么,太知道了。大学生的微电影,怎么会没有爱情呢?那不完美。所以,她需要一个演员,一个真实的演员。而她的电影,剧情恰恰拍的就是我们几个,从大一到大四。

孟小西也哭,坐在我旁边哭得比我还要惨烈。我猜,她难过的是,某些信仰的瞬间坍塌。

两天以后,赵青南收拾东西搬了出去,孟小西站在门口看着她,想说点儿什么,却什么也没说出口。

倒是赵青南出门时说了一句"对不起",然后匆匆下了楼。

很快就大学毕业了，赵青南的作品，真的就获了奖。我想，这会成为她人生阅历的一个资本，只是，牺牲了我的爱情。

那么也好，谢谢她替我检验了男人的真心。

赵青南那么美，谁会不爱呢？

孟小西说，她要去西班牙。走的时候，我送她，忍着忍着，最后还是落了泪。

她说："对不起，林夏，我走之前去见了青南，道了个别……原谅她吧，她生活得也不容易。"

我挤出个笑，把孟小西送上了飞机。

青春散场，各奔天涯。

【8】

时光翩跹而去，爱与恨都化为平淡，那些不可原谅的，最终也被一一原谅了。

孟小西跟我说："我们去看看青南吧。"

我点点头，画了个淡淡的妆。

毕业以后，听同学说，她没从事演艺，而是回了青岛老家，一个有海的城市，大二放假时孟小西去过那里。没想到，一晃几年就过去了。

城市变化很大，我们找了很久，才找到她家，她妈妈给了我们一个地址后，我们就又找了过去。

一家面馆，不是很大，但生意很好，男人很憨厚，热情地招呼我们坐下。我和小西点了两碗面，不一会儿，赵青南就用一个托盘端了出来。

她站在那愣了很久才反应过来，下意识地拢了拢头发，可是那个样子，真的让人很心酸。

一块花布围裙围在腰间，衬衫的袖子挽了起来，袖口上还沾着白面，头发随意地扎成个马尾，有几缕垂在额前。

曾经，她是那样的骄傲，满身棱角。岁月真是个可怕的东西。现在的赵青南看上去，却更加的平和、真实了。

她扭捏地笑着，眼泪簌簌地流了下来。

孟小西捂着嘴，也忍不住哭出了声。

青南喊出那个男人说："这是小西、林夏，我最好的朋友。"

男人朴实地笑了笑说："总是听她说起你们，不停地念叨。"

赵青南关了店，我们三个去喝酒、唱歌，一直到凌晨。

想起大三的圣诞节，外面下着雪，我们三个躲在自己的小房间里，吃着火锅，喝着啤酒，你一句我一句地吵着。我们演莎翁的《第十二夜》，那样的欢快，那样的青春。

而如今，我们都已经染了风尘。

青南说："唱一首歌吧。"于是我们手拉着手，唱了朴树的《那些花儿》，时光仿佛又回到了那个年代。

有些故事还没讲完那就算了吧

那些心情在岁月中已经难辨真假

如今这里荒草丛生没有了鲜花

　　好在曾经拥有你们的春秋和冬夏

　　她们都老了吧

　　她们在哪里呀

　　…………

　　那天晚上，哭得最凶的人是孟小西，因为时光易逝，也因为重获的友谊。我知道，当初她在我和赵青南之间做出决定时有多艰难。

　　赵青南看着我笑，说了一句"对不起"。我过去给了她一个既往不咎的拥抱，然后才发现，原来，我也是一直在想念她的。

　　在我纷乱的少女时代，也只有她们陪在我身边。

　　青春，就像一场来不及告别的梦！

愿有人陪你共一场地老天荒

大学四年,毕业三年,七年的曲曲折折,多少人已经离开,多少人慢慢走散。值得庆幸的是,哪怕世事多变,白云苍狗,依然有人在爱情的道路上坚守着。

【1】

在打开电脑之前,我刚刚吃完一碗泡面,喝了一罐冰啤酒,这让我突然想起了九饼,我的最佳损友兼二师兄。大学时,我们一个班。

毫不夸张地说,他能活到今天,得感谢这世上有一种叫作方便面的食物,因为他真的是太穷了,能把人穷哭的穷。

有人跟他打赌说:"你要吃得下九张馅饼,我就管你一个月伙食费!"然后,他赢了,也就有了这么个绰号。

简单来说,为了吃的,他可以做出任何牺牲,放弃任何原则。

所以,我又想起了沈听,大二时她加入了广播社,跟我一起播音,也是通过我,她才认识了九饼。

那时候九饼还在学校足球队担任第一射手,很拉风,让沈听略有些崇拜。我说:"你要是想勾搭他不用花费太多心思,有吃的就足够了。"

于是不久以后,沈听就每天泡好一袋方便面,送到他宿舍里,然后,他们就彼此熟悉了。

夏天来的时候,学校外面的烧烤开始卖了起来,晚上很多同学都会去那儿撸串、喝冰啤酒。

于是,沈听隔三岔五就会请我一顿,当然,我也会识相地叫上九饼。顺水人情这种事,我最愿意做了。

路边摊的小马扎上,沈听坐在上面用牙签仔细地把田螺的肉挑出来,然后放到九饼的餐碟里。

那样子真让人嫉妒。

可是贱人九饼却不领情,一边往嘴里塞着田螺肉一边说:"行了行了,你别再挑了,那样吃着不香。"

是的,这和嗑瓜子一样,必须自己嘴里咬出来的才好吃,可明显人家姑娘挑的不是田螺,是情调。

遗憾的是,九饼太不解风情。

后来我问他:"人家姑娘要长相有长相,要才华有才华,看上去也很有钱,哪一点配不上你,你就不能对人家好点儿?"

九饼想了想,把手放在自己的胸口说:"她这儿太平了,完全看不到。"

于是,我抬腿就是一脚,踢在他的小腿上。我说:"你个浑蛋不喜欢人家，还总是蹭吃蹭喝。"

"大爷的，我是你二师兄。"九饼咧着嘴，文不对题地抗议着。

就这样到了大三，九饼认识了大胸妹山花，开始带她撸串、喝冰啤酒，坐在马扎上用牙签把田螺肉挑出来，一脸贱笑地送到大胸妹的嘴里。

山花笑得那叫一个烂漫，真想让人上去暴抽一顿这对狗男女。

沈听坐在角落里，仔细挑着面前那盘紫苏炒田螺，那双手灵活得宛若纤巧的织娘。

"我们也喝一点儿吧。"她看着我，眼神有些黯然。

九饼自从和山花混在一起以后，便开始跟我借钱，甚至连我的伙食费也剥夺了一小半。所以面对沈听，我也有些愧疚，于是，就和她喝了起来，然后大醉。

那天晚上，我看见九饼在一棵老槐树底下抱着山花，卿卿我我。

那天晚上，我看见沈听在路灯下的马路牙子上坐了很久，非常孤单。

于是，我听见了自己的啜泣声。

我可真是多愁又善感。

【2】

九饼再次来找我借钱时，我问候了他们家祖宗，然后互相伤害。

他要买一条好看的珍珠项链,送给大胸妹,因为他觉得,一个胸大的女人,脖子上秃秃的,会显得像一只被拔了毛的火鸡。

这个审美观……真的很特别,特别让人无语。

九饼垂头丧气,借了一大圈只筹到了两张奖金为五块钱的彩票,于是他突发奇想,决定卖掉自己的"战靴",他曾穿着那双球鞋罚过一个制胜点球,并为学校足球队赢得了一个冠军,这件事是可以让他吹上一辈子牛的。

他把鞋带到教室里,神往了一会儿说:"小夏,你文笔好,帮我写个布告呗,煽情一点,怎么悲惨怎么写。"

我提起笔,唰唰唰成文一篇。九饼看了一眼后大骂:"我×,我哪儿得罪你这么深了,你居然说我得了梅毒!"

"不是你说的怎么悲惨怎么写吗?"

九饼抢过笔,自己划拉了几下,拿着糨糊就把那张纸贴到了学校的公告栏上。

没想到,第二天还真有傻子来买了,塞给他六百块钱后,拎着鞋就跑了。

九饼笑得特别开心,现在他又有钱和大胸妹撸串、喝冰啤酒了。

所有人都对九饼的审美观打了个问号,沈听那么优秀他看不上,大胸妹到底哪里好?厚嘴唇,大脸盘,水桶腰,说起话来一股东北苞米糙子味,怎么就迷住了九饼?

贱人的思维,终究是常人所不能理解的。

他说:"你们懂个卵蛋,在我们家那儿,这叫旺夫相,能娶到都是福气。"

从那天起,我真正明白了什么叫情人眼里出西施。

【3】

九饼和大胸妹的感情,结束在一个下雨天,毫无征兆。

他从裤兜里掏出一把票子对我说:"走,请你喝酒去。"

"好,是该庆祝一下。"

九饼不理我的幸灾乐祸,脸上也看不出是高兴还是难过。

路边摊,我们俩就着一盘紫苏炒田螺开喝,两个人放了三个小马扎,一个寂寥寥地摆在一边。九饼看看我,张了张嘴没说出什么。

不过我猜,应该是和沈听有关的,以前都是她坐在那儿。

后来,我们都喝大了,我问他:"怎么分了?"

九饼唱着山歌,笑呵呵地说:"现实原因。"

我啐了他一口:"胡扯,大四才刚开始,谈婚了还是论嫁了,玩腻了才是真的吧?"

九饼点点头说:"也许吧。"

他眼神无光,那一刻我突然也觉得有点儿伤感。

一顿酒喝光了九饼所有的钱,他翻箱倒柜找出些硬币,只够买五袋方便面。在宿舍挨到第三天的时候,他决定去餐厅刷盘子换饭吃,于是叫我陪他一起去找个活儿。

连续错过了七八家饭店后,他还是没有进去,于是笑嘻嘻地看着我说:"要不,你帮我进去问。"

我说:"滚,想吃饭还这么要面子,那你就饿着吧。"

最终,他也没有进去问。我说:"真没出息,算了,谁叫本姑娘今天心情好。"

我掏出一百块钱给他时,他没接,摇摇头说:"还欠你那么多呢。"

"哎哟,不错,有志气,那你就饿着,看你能挺多久。"

九饼摆出一副走着瞧的表情,晃悠着身子向前走去。不过,我还是把钱塞进了他口袋里。

路过商场时,我们碰巧看见沈听在一个口香糖促销点上,跟顾客介绍着什么。

九饼问我:"她那么有钱还来勤工?"

"谁像你那么懒。"我白了他一眼。

九饼拉着我的手,指着坐在沈听旁边的一个小白脸问:"熟悉吗?"

"放开我,趁机占我便宜!"我的心脏突然怦怦跳了几下,甩开他的手说,"不就是个小白脸吗,至于这么激动吗?"

说完这句话,我自己也觉得有点儿酸酸的,不过九饼并没在意,依旧指着那个小白脸说:"不对,你仔细看看他穿的那双鞋,那不是我的'战靴'吗?"

沈听打发掉顾客,走到小白脸跟前敲了一下他的头,小白脸调皮地吐吐舌头,样子很是亲密。

九饼愣了一会儿神,掏出手机拍了下来,回到学校后找沈听的闺蜜打听,才知道那个小白脸是沈听的弟弟,于是长吁了一口气,瞬间轻松了许多。

他看着我问:"这么说我那双鞋是沈听买走的?"

我耸耸肩。

沈听的闺蜜惊讶地看着九饼:"原来那双鞋是你的啊?你怎么这么不要脸,沈听为了那六百块钱,熬了半个多月夜班。"

九饼一副与你何干的表情,自言自语了一句:"她不是很有钱吗?!"

沈听的闺蜜火了:"她爸坐在轮椅上四年了,她每周打两份工还要做家教,你说话能不能有点儿良心!"

九饼"哦"了一声,转身出去了,有点儿失魂落魄。

晚上的时候,九饼在朋友圈发了一条状态:饿,救命。

我回消息问:"钱给你了啊,你怎么不买吃的?"

九饼回:"说了不想再花你钱了。"

"活该,饿死你算了。"

不一会儿,他拍了一张照片给我发了过来,是一碗热气腾腾的泡面,出自沈听之手。

于是,我莫名其妙地有点儿失落。

九饼看着那碗热气腾腾的泡面,抽了自己一耳光说:"不许吃,要点儿脸。"

过了一会儿又抽自己一耳光说:"吃吧,这么香。"

"是男人的话就不能吃。"

"吃。"

"不吃。"

他自我纠结着,最终,还是没有吃那碗泡面,这关乎男人某种可怜的尊严以及对自己良心的拷问。

我想,面对沈听,他心里一定很愧疚。

【4】

青春呼啸而过,转眼就大学毕了业。

九饼请我撸串、喝冰啤酒,我说过我很识相,所以把沈听带来了。她坐在旁边的马扎上,用牙签挑着田螺肉,安静又甜美。

九饼问我:"有什么打算?"

"找工作,赚钱呗,还能有什么打算。"我说着也问九饼,"你呢?"

九饼摇摇头,说:"不知道,可能回老家吧,结婚生孩子,养几只羊,哈哈。"

我们俩一起看向沈听,她额前的头发垂下来几缕,遮住了眼睛,我和九饼伸出的手撞到了一起,又同时尴尬地缩了回来。

沈听笑了笑,摘下手套,自己把头发向后顺了顺说:"没什么打算,找个爱自己的人,安安稳稳地过一生就好。"

我清掉了杯里的酒,站起来晃晃悠悠地说:"本姑娘醉了,先回宫歇息了。"

那天晚上,我看见九饼和沈听站在一棵老槐树下,亲密地说着什么,后来,他拉起她的手,把她抱进了怀里。

于是,我又一次听见了自己的啜泣声。

我可真是多愁又善感。

离校以后,我回了大连,谈了一个男朋友,后来分手了,朋友问我,我说是现实原因。

九饼和大胸妹分手时,也是这样说的,我不以为然,后来我才知道,原来九饼心里藏了那么多事。

他不喜欢大胸妹,但想娶她,带她回家,一起照顾年迈的爷爷奶奶。他父母早逝,是爷爷奶奶一手把他带大的,他必须得回去陪他们。

大胸妹是农村人,身体好,能干活,九饼觉得这样的姑娘比较适合自己,可大胸妹知道他的家庭情况以后,还是离开了他。

其实,九饼喜欢沈听,这我早就知道。我看见他匿名给她寄过生日礼物,是一条珍珠项链,卖掉他的宝贝"战靴"换来的。

可他觉得自己配不上她,以为她家里很有钱,总是请我们吃吃喝喝。

很多爱情,就是这样错过的。

【5】

2015年夏,九饼从郑州飞来找我,我们去撸串、喝冰啤酒。

他说他爷爷奶奶过世了,现在了无牵挂,一人吃饱,全家不饿。

我皱眉:"你没和沈听在一起?"

九饼摇头:"怎么能耽误她呢?我在农村种了整整三年地,我们毕业以后就各奔东西了。"

我给他倒酒,一杯接一杯地喝。后来,我忘记是怎么把电话打给沈听的了,只记得自己说了一句:"那条项链是九饼送你的,你要记得。"

九饼笑了笑说:"她早就知道了。"

于是,我觉得有点儿无聊。

他问我:"不知道喝酒了让不让坐飞机?"

"应该可以吧。"我说。

他掏出一张大团结扔在桌子上说:"我走了,祝我好运吧。"

我骂了句"贱人"后,追了出去,冲他喊:"沈听说她来大连,让你在这儿等着。"

两天以后,九饼和沈听在机场拥抱,哭得稀里哗啦。

沈听说:"我就知道你会回来找我,早就知道,所以我一直等着。"

大学四年,毕业三年,七年的曲曲折折,多少人已经离开,多少人慢慢走散。值得庆幸的是,哪怕世事多变,白云苍狗,依然有人在爱情的道路上坚守着。

"愿有人陪你流浪,陪你共一场地老天荒。"

我在文档上敲下这段话后,突然泪流满面。

第三章

总有一个人，会陪你到最后

谁的幸福不是历经坎坷

很多时候，打败我们的，不是现实，而是不够坚持。

【1】

一场落花雨，满城流水香。

戚小舞在电话里抱怨："别人在等伞，我在等雨停，这个世界太无语了，连出租车司机都开始看脸。"

我说："你就杵那别动好了，有我这样的闺蜜你应该感谢上苍。"

半个小时以后，马骁开王半春的车把戚小舞从机场接回了王半春的酒吧。

刚一进门，王半春就开始毒舌："想用鲜血粘住敌人的刺刀，那不是悍勇，是傻子，真想给你发个什么勋章。"

戚小舞不语，对着镜子整理自己湿漉漉的头发。

王半春继续发难："知道什么是蠢吗，就是对一件注定没结果的事情,仍抱以空泛的热情和执着。"

马骁看不下去,顶了王半春一句:"你就闭嘴吧,连女孩子不吃辣椒都能成为分手的理由,你有什么资格谈爱情?"

王半春笑得很得意,他说:"马骁你还真别装,就是吃喝拉撒、柴米油盐这些琐碎的东西,决定了感情是否可以长久。爱情的本质是生活。"

我给戚小舞倒了一杯酒,问:"怎么样,还好吧?"

戚小舞淡淡地笑了笑:"还好啊,除了在上海吃的还是东北菜以外。"

我竖起大拇指,跟她喝了一杯。

一周以前,戚小舞在朋友圈看到他前男友周洲发的一条信息,大概是说某项投资失败,穷得只能以泡面过活。

于是她登录手机银行,看了看余额后,又跟朋友借了一点儿,两天后就飞去了上海,又送温暖又送钱。

王半春骂她蠢的原因是,周洲现在是有女朋友的。

可戚小舞不这么认为,她觉得爱若不能得,是缘分使然,而情还在,往昔的枝枝蔓蔓也都还在。遇到困难伸援手,是道义,是中华美德。

至于是不是真的,只有戚小舞自己清楚,世间事本就如此,冷暖自知。

那边的争执已经接近尾声,只听王半春问马骁:"一个女人,心聪脑慧,才情俱佳,但是外形抱歉;另一个呢,四体不勤,五谷不分,可三围傲人。要是你,你怎么选?"

马晓露出一个大家都懂的笑容，他说："算了算了，我晚上还有个相亲。"

出门时他又回过头来问我："顾小夏，你要不要帮我去把把关呢？"

我不理他，抓起戚小舞的手离开了王半春的酒吧。

【2】

每个人都有自己的往事，亭亭如盖或荒烟蔓草，在时光里慢慢地蒸腾、发酵，念念不忘，也选择性遗忘。

大家都知道，王半春之所以变得如此现实，是拜一个女人所赐。他最大的理想就是有一家自己的酒吧，可那个女人最后说，我还是更喜欢有点儿大志向的男人，然后，她就跟一个与前妻纠缠不清的富商在一起了。

从那以后，王半春身边就没再缺过女孩，百花丛中过，片叶不沾身。

所以，对于戚小舞和周洲的事情，他从来都是不遗余力地打击。因为大家确实是很好的朋友，谁也不忍心看谁受到伤害。

而子非鱼，亦不知鱼所乐。

戚小舞和周洲是从大学手牵手走出来的。毕业后周洲先去了深圳，在那里谋得了一份不错的工作。戚小舞本来也是没太多想法的女孩子，况且又和他爱得如胶似漆，也就跟着去了。

时间一晃就是两年，周洲觉得只靠工作赢未来的机会很渺茫，于是就跟戚小舞商量是不是应该做点儿什么生意。将来要准备结婚买房生孩子,如果这个时候不拼一下,那将来压力会更大。

戚小舞一听结婚生孩子,便笑得花枝招展,她说:"好呀好呀,十万个赞成。"

不久以后,他们就开始策划创业。万事开头难,戚小舞看周洲辛苦,就把工作辞了,帮他一起创业的同时,也照顾他的饮食起居,像个标准的小媳妇。

在深圳那个地方,对于一个刚毕业两年的大学生来说,做点儿什么不是那么容易,毕竟原始资本过于单薄。

面临困境的时候,戚小舞回了大连老家,瞒着父母,东拼西凑筹了五万块钱给周洲。她想,早晚是要结婚的,一家人就该有难同当。

周洲感激她的付出,所以对她也是格外的好,就算再忙,也会抽时间陪她散散步,看看电影,大姨妈来的时候,悉心地照顾她。

就这样又撑了一段时间,周洲的创业彻底宣告失败。他愧疚地看着戚小舞,像做了什么罪恶滔天的事一样。

他说:"对不起,让你跟着我受苦了。"

戚小舞笑了笑,眼泪就出来了。她说:"有你在,就是最大的幸福。再说了,连沃尔沃那样的公司都破产了,又何况是我们呢。"

周洲拥着她,流下了感动的泪水。

其实他是个很有能力的人,大学时就是个才子,人也俊朗,做事不浮躁,可能唯一欠缺的就是经验和资源。

不久以后,周洲和戚小舞商量,深圳生活压力大,想换个城市。戚小舞说:"好呀好呀,那我陪你回长沙。"

周洲摇头:"我发誓不靠家里的,再说,不能总是你迁就我,这次我陪你,我们去大连。"

两个人收拾收拾,兴高采烈地就在大连安了家。

就像张爱玲说的,如果你认识从前的我,一定会原谅现在的我。

如果你了解过去的戚小舞,就知道她为什么会这么执着。

【3】

马骁在微信上发了一张照片给我,然后打电话问:"你觉得如何?"

我说:"猛一看还可以,仔细盯上三分钟,身体会略有不适,你确定她的下巴是纯天然的?"

马骁说:"是呀是呀,我也这么想。那你有时间吗,和平广场那儿新开了家泰国餐馆不错。"

我说:"要是你请,我就考虑考虑。"

马骁犹豫了一下说:"我七你三吧,你知道我最近连续相亲,伤财无数。"

半个小时以后,一见面马骁就开始唠叨:"你觉得我哪里不对,是该提高一下人格魅力,还是改变一下着衣风格?"

我说:"症结根本不在于此,你心不在焉的,哪有想要相亲的样子，分明就是无聊而已嘛。"

马骁歪着头想了想说："噢，好像是这样。"

他招招手，叫服务员过来，赏了20块钱小费，然后问："你觉得我们俩是什么关系？"

小姑娘望望我又望望他，笑了笑，机智地说："正常关系。"

我含在嘴里的水，差一点儿就笑喷了出来，他这20块钱花得真冤枉。

马骁郁闷地低着头，样子可爱而又有些……伤感。

我和他一起读了初中和高中，那个时候他学习很好，我们两家离得也不远，他爸还经常跟我爸开玩笑说以后结儿女亲家好了。

高考前，马骁半开玩笑半认真地跟我说："要不，我考你的学校算了。"

我说："能不闹吗？我一本也没把握，再说躲你还来不及呢！"

马骁挠挠头，傻兮兮地笑了起来。

后来，他真的报了我要考的大学，遗憾的是，我以两分之差落榜，去了浙江，而他留在了北京。

我们就这样阴差阳错地错过了彼此最好的人生。

马骁抬起头问我："如果当初我们在同一所大学，会不会是我？"

这个问题他是第二次问我了，第一次是我读大三时，和陈一桥在一起后不久。

我笑了笑说："也许吧。"

这不是敷衍他，如果没有遇见陈一桥，可能，真的会是他。

可爱情就是这个样子，情深奈何缘浅，缘深奈何分薄，所有的假设都是没有意义的，如果假设能成真，我宁愿此生都不遇见陈一桥。

正想着时，戚小舞来电话了，她说："小夏，我想你了，晚上你来家里陪我睡吧。"

【4】

戚小舞表情复杂地看着我，忧虑中还有一点点小兴奋。

我说："亲爱的，你没事吧？"

戚小舞说："你这次得帮我，这次一定得帮我，我现在烦得很。"

"啊？"我说，"你别着急，慢慢说。"

戚小舞说："你得帮我说服我妈，我实在拿她没办法了，她现在都不想跟我说话。"

"什么情况啊？"她说得一知半解，我听得稀里糊涂。

戚小舞抓着头发说："周洲跟她女朋友分手了，说要来大连，过几天就来。"

"啊……"我愣了好一会，然后过去抱住眼睛湿润的戚小舞，转了好几个圈，我有点儿语无伦次："太好了，真是太好了。"

戚小舞苦苦等了他两年，默默地付出，默默地思念。只有我知道，那有多不容易，因为某种程度上，我们是一样的人。

在深圳创业失败以后，戚小舞和周洲就来了大连，她不想再瞒着家里，于是直接就把周洲带回了家。

戚妈妈一看，周洲这孩子一表人才的，还挺稳重，也没多加阻拦，只是嘱咐了几句。

从那时起，两个人就开始找工作，重新开始奋斗。周洲因为心里一直觉得亏欠小舞，所以格外地努力，对她也是倍加关心，把我们羡慕得不得了，连戚妈妈都赞不绝口。

就这样过了两年，戚妈妈觉得是不是该把婚先订了，两家人至少见个面。

周洲有些犯难，他一直不想回家的原因是，他现在的父亲不是亲的，并且还很有钱，家里还有一个异姓的弟弟，所以，这也是他很努力的原因。

但终归这件事是不能拖的，于是周洲就在电话里跟他妈妈说了。

怎么来形容他妈妈那个人呢？比较刁，也比较挑，大概跟自身的优越感有关。

周洲的妈妈先是要了小舞的照片和生辰八字，找人算了算，又盘问了家里的情况才从长沙过来的，姿态摆得很高，就好像太子选妃一样。

戚妈妈一看不乐意了，虽然是平常人家，但家里也没缺米少盐的，怎么能让自己闺女去受这份气。到最后，一顿饭没吃完，两家人竟然吵了起来。婚没订成，倒变成了棒打鸳鸯。

周洲的妈妈说，就算自己儿子打一辈子光棍，也不会娶小舞。

戚妈妈连呕了好几口，血压一高，竟然住进了医院。

戚妈妈躺在病床上看着戚小舞说："你要还认我这个妈，就离周洲远点儿。"

话已经说到这个份上了，戚小舞只有流泪。周洲躲在病房外，不敢进去，用头直撞墙，连头都撞出血了。

两个人偷偷去海边，抱在一起痛哭。周洲说："我不管，我什么都不管，我只要你。"

戚小舞说："你发誓。"

周洲就举起手发了毒誓。

戚小舞说："那你带我走，去哪儿都行，生完孩子我们再回来。"

两个人正计划着私奔的时候，戚妈妈来找周洲了，刚一见面就跪了下来。她说："算阿姨求你，放过小舞吧，阿姨知道你是个好孩子，可阿姨就这么一个闺女，当妈的怎么忍心看着她受这份气。"

周洲赶紧把戚妈妈扶了起来，摇头不是，点头也不是。

与此同时，周妈妈也正在和小舞谈判，不可思议的是，这次行动竟然是两位妈妈一起密谋的，看来商场上那句话说得对，没有永远的敌人，只有永远的利益。

周妈妈也是走苦情路线，先是说自己一个人在那个家里多不容易，处处小心翼翼，一直希望周洲能回去帮她。后来又说，家里有个异姓弟弟，但还小，周洲如果能回去，家产迟早是他的，这关乎到他一生的命运和前途。

戚小舞咬着牙，艰难地点点头。

就这样，几天以后，周洲回了长沙，两个人六年的感情，从此画上了一个句点。

情深奈何缘浅，缘深奈何分薄。

【5】

在王半春的酒吧里，我们几个商议对策，办法想了一大堆，但都觉得实用性不强，最后重担落在了半春身上，因为他点子最多。

他说："要不就这样，我们几个一块儿去，见到老太太就下跪，使劲磕头，老太太心一软，不就答应了。"

我们几个一起嘘他的馊主意。王半春摊摊手："那有什么办法，老太太之前就死活不同意，别说周洲后来又交女朋友了……"

哪壶不开提哪壶，我瞪了他一眼。戚小舞倒是笑了笑，她说："我不在意啊，还得谢谢那个女孩呢，如果不是她，周洲怎么知道谁才是对他最好的。"

原来，周洲投资失败以后，那个女孩过不了苦日子，立马就提出了分手。

世态炎凉，但同时也诠释了什么叫患难见真情。

有些人值得用一生去守护，而有些人却在用余生去怀念，去质问自己，为什么当初不勇敢一点儿。

就像王半春说戚小舞傻，其实，她只是比他想得更执着，爱得更肯定一点儿而已。

当初他们两个不欢而散以后，戚小舞大病了一场，在电话里胡言乱语，周洲连夜坐飞机赶了过来，却连人也没能见上一眼，就被戚妈妈扫地出门了。

为了爱情，他们已经很努力地去争取了，戚小舞不离不弃，是因为她坚信结局不会是现在这个样子的。

所以很多时候，打败我们的，不是现实，而是不够坚持。

我们几个还在商量的时候，戚小舞的电话响了，是周洲，他说他在长沙呢，已经把他妈妈说服了，马上就来大连。他还说，不用小舞想办法了，让她好好吃饭好好睡觉就行，其他事，他来解决。

暖暖的几句话，把我们都感动了，王半春笑呵呵地说："我又要相信爱情了，不可思议。"

马骁不远不近地看着我，我知道他眼神里所要表达的意思，只是，我还不想做任何回应。

每个人都有自己无法面对的过去。

【6】

那年我读大三，看见陈一桥时犹如惊鸿一瞥，人与心都迅速笃定，如同张爱玲笔下的女子，在桃花树下看见一个人，于是成为了她一生中最美的回忆。

但认识我的人都说我是被猪大油蒙了心，就连戚小舞也不看好，她说那么多追你的好男人不要，偏偏爱上那个榆木疙瘩。

可爱情谁说得清楚呢，我就是喜欢他，哪怕他是寒门学子，生性孤僻，甚至有些老派的腐朽。

大学两年，他从来没送过我礼物，因为他没钱，更多的时候，都是我在照顾他。当然，他对我也是很好的，除去和钱有关的东西，能给我的，他也从不吝啬。

简单来说，就是经济实用型的。

很快，大学毕业了，我和陈一桥在去向问题上出现了分歧。我可以像戚小舞一样，随他颠沛流离，问题是，他想出国。

后来，他真的就走出了国门，在一个女同学的帮助下，双宿双飞了。

陈一桥最后一次打电话跟我说："对不起，我想我们都得尊重现实。"

呵呵，天大的一个狗屁。我不哭不闹。他心意已决，我又能怎样，他要的未来，是我给不了的。

也许从一开始，我就不在他的未来里，这才是让人最伤心的。

马骁陪我度过了那段艰难的时期。

随着时间的推移，我对那段感情也就慢慢淡忘了，可是，却没有了再恋的心思。

亲戚朋友都说我挑剔，只有我自己知道，从那以后，只要有人对我动情，我就会想起他。

从大连到伦敦，有多长的距离，就有多远的伤心。

【7】

周洲来大连那天,也是下雨。

戚妈妈听说这件事以后,就把小舞关在家里了。我和马骁去接的周洲。

当时已经是傍晚,我们给他找好酒店,周洲却不住,直接去了戚小舞家里。他叫门,戚妈妈不开,在里面说:"走吧,只要我还活着,就不会同意的。"

周洲于是跑下楼,站在下面喊:"只要我还活着,我也不会放弃的。"

于是,他在初秋的大雨里,站了整整一夜。

天那么冷,雨那么凉,他不停地喊她的名字,把整个大连都要喊热了。

凌晨时,雨停了,东方吐出了一缕霞光。

戚小舞趴在窗口喊:"你傻啊,你要死我陪着你!"说完,她就爬上了阳台。

她回头跟戚妈妈说:"妈,我不想做祝英台,我也不想化蝶飞舞,我知道您是为了我好,但是现在我不好,我用了八年时间,去爱一个人,那已经是我人生的一部分了。您非要让我放弃,那您就连我也放弃吧……"

周洲擦掉脸上的雨水,还有泪水,扑通一声跪在地上,哀求地看着戚小舞说:"你不能跳,不能跳,想想我们曾经一起走过的那些日子,想想我们一路走得多艰难,想想我们说过的未来,我们会有一个家的……求你……"

他已经泣不成声，跪在那里，哀伤地看着她。

戚小舞退了回去，然后发了疯似的跑下楼，两个人就那样紧紧地抱在一起。

太阳已经完全露出了地面，金灿灿的光芒落在他们脸上，泪水像一朵朵小花一样，在日光里绽放。

戚妈妈站在远处，伸手揉了揉眼睛，摇摇头，苦涩地笑了笑，转身上了楼。

马骁递过几张面巾纸给我，他说："云南应该很美吧，我还没去过，要不要一起？"

我擦了擦眼泪，然后把纸团丢向他说："在车上坐了一晚上，你也不问问我渴不渴、饿不饿，活该你单身。"

马骁开心地笑了笑，按了一下喇叭，跟戚小舞和周洲说再见。

戚小舞给了我一个大大的飞吻，周洲弯下腰深深地鞠了一个躬。我刚要说点儿什么，马骁就把头从天窗顶探出去喊："我们要去云南咯，回来我们一起结婚。"

我在他胳膊上狠狠掐了一下，骂了一句："不要脸！谁跟你结婚？"

大雨把城市洗刷得干干净净，我第一次觉得，原来清晨是这样的美。

我会很爱很爱你,直到故事终结

人生就是这样,总能遇到几件匪夷所思的事情,以及一些想爱不能爱,能爱怕伤害的人。

【1】

如果不曾有过温暖,就不会害怕孤单。

一个人吃饭,一个人上街,一个人就是整个世界。

突然有一天,开始学会了思念,吃饭的时候想,睡觉的时候梦,会沿着她曾经的足迹,穿越大半个城,只为一次概率很小的不期而遇。

可是这一切,他并不知道,哪怕,和她已经像恋人一样好。

直到后来的某一天,她也有了自己的牵挂。

于是,又拼命安慰自己,就这样默默地守护着,也很好呀……

我依然会很爱很爱你,直到故事终结。

【2】

我为王半春的梦想点赞时,他笑得特别贱。

他说:"对呀,我就是要开一家酒吧,和自己心爱的姑娘一起,宠她养她爱她,等客人都散去时,抱起她,轻轻放在吧台上,为她调一杯哈瓦那黄昏或者蓝色夏威夷,然后一起唱歌,一起跳舞,镁光灯会打在我们的脸上,那一定是很美的。"

那天,他23岁生日,他说完他的梦想时,把自己都感动哭了。

我看着他的眼睛问:"你为什么要说出来呢,你不知道愿望说出来就不灵了吗?"

王半春眨巴眨巴眼睛,"呸呸呸"连啐了三口,左右开弓又抽了自己几下。然后他想了想又说:"不对啊,我没说那个姑娘是谁,菩萨还是会保佑的。"

马骁端起蛋糕,"啪"的一声就扣在了他的脸上,我随后又补了一枪。

戚小舞说:"连我们都知道是谁了,菩萨会不知道?"

王半春抹了一把脸,露出一口小白牙说:"我去打个电话,打个电话啊。"

他喜欢的姑娘叫陈小鱼,是个乡下女孩,他们高中时做了三年同学。姑娘学习成绩优异,轻松地进了一本院校,而王半春刚过二本线。于是这段感情还没来得及开始,就暂时告一段落了。

时间如流水,转眼就是一个四年,大学毕业以后王半春问小鱼:"要去哪里发展呢?"陈小鱼想了想说:"就留在大连吧,这样离家近点儿，方便照顾家。"

王半春一听，笑得花枝乱颤，他说："那我也在大连，哪儿也不去了。"

陈小鱼笑了笑，没说什么。

王半春打完电话回来时，表情有点儿难看，脸上的奶油还没有擦净，显得更加的诡异。

他坐下来，又打开了几瓶酒，自顾自地喝着。

我见过男人哭，但从没见过一个男人像王半春那样哭得别出心裁。

那天他喝大了，抽着自己的嘴巴说："贱不贱，生日愿望是可以说出来的吗？"

他把自己关进洗手间里，像个女人一样，在里面用力地呜咽。

于是那天我们知道了，他是一个用情至深的男人。

【3】

在王半春23岁之前，从没睡过任何一个姑娘，也没被任何一个姑娘睡过。

他决定为一个叫陈小鱼的女生守身如玉。

高中时，他们是最好的朋友。他知道她家境不好，所以从高二开始，便承包了她所有的早餐，如果你以为他很富有，那就错了。

他只是自己不吃，或少吃而已。

王半春做过最牛的一件事情是帮陈小鱼收衣服那次。

那天,陈小鱼在一声惊雷之后,"妈呀"大叫了一嗓子:"坏了,我洗的衣服还没收。"于是,王半春在老师目瞪口呆的注视下,以百米冲刺的速度跑出了教室。

在收陈小鱼衣服时,因为风太大,有一件被刮到了女生宿舍楼下的树上。犹豫了几秒钟以后,他又冲下楼,顶着雷声阵阵,爬上了那棵树。就在这个时候,教导主任突然出现,并喊了一嗓子:"你不要命了吗,快下来。"

于是,他下来了,自由落体,晕倒前手里还抓着那件衣服,是一个B罩杯的文胸。

然后,他出名了,大红大紫,代价却是住了七天医院。

高中毕业离校的那一天,王半春送陈小鱼到车站,肩上扛着她的行李,手里拎着她的提包,笑嘻嘻地说:"我也报了上海×大,如果幸运,我们又能在一起了。"

陈小鱼脸一红,掏出纸巾替他擦掉了额头上的汗,低声说了一句:"那我等你。"

火车启动时,王半春又突然想起了什么,追着火车喊:"如果我没考上,你还会等我吗?"

人声、汽笛声、机器的轰鸣声把他的发问淹没在空气里。陈小鱼隔着车窗摆着手,消失在远方。

成绩单很快就出来了,不出意料,王半春没考上,这也就意味着,他再也见不到陈小鱼了,至少大学四年是这样的。

那个夏天,他发了疯地想她,于是,不停地往村委会打电话,找一个叫陈小鱼的姑娘。

最后，连村委会值班的大爷都被感动了，去了陈小鱼家里。

于是，在第19次电话拨通时，王半春终于听到了陈小鱼的声音。只是，那一刻他却哇的一声哭了出来，语无伦次的，最后只说清了两句话："我有个远房表哥也在上海×大，我会让他照顾你的……我考去哈尔滨了……"

等王半春想再说什么时，他的手机就彻底没电了。

就这样上了大学，王半春在电话里求他表哥去找一个叫陈小鱼的同学。他表哥只问了一句，他就彻底蒙了："哪个陈小鱼？我查了一下，整个×大有26个叫陈小鱼的。"

后来，他给表哥发了照片，他表哥用了半年时间才找到，然后告诉他，陈小鱼说，学习任务很重，就不打电话了。

少年情事，至此销声匿迹。

【4】

王半春生日过后好几天我们才知道，原来，陈小鱼和王半春的远房表哥在一起了，并且已经两年多了，那也就是说，是王半春亲手促成了这段姻缘。

这件事还真是……心痛。

更加让人哭笑不得的是，又过了半个月左右，王半春的表哥和陈小鱼分手了。原因是，他表哥出国了。

陈小鱼来大连那天，王半春笑呵呵地去车站接她，帮她找房子，带她吃好吃的。

于是，尘归尘，土归土，一切又回到了原点。

似乎有人说过，生命就是个圆，只要你一直往前走，就能遇见最初的风景。

唯一有点儿遗憾的是，沧海桑田过后，我们却再也做不成最初那个人了。

大学毕业后，开始面对社会，戚小舞去了深圳，为了追爱。王半春留在大连，为了等爱。每个人都朝着不同的方向走去，花开花落，时间无涯。

王半春的表哥走之前，留给了陈小鱼一条狗，那是大学时他们一起养的。陈小鱼为了照看这条狗，找了一个多人合租的四合院，有点儿偏，但很安静，因为其他住户都是将房子用来做仓库的，平时没什么人。

失恋后的陈小鱼状态不佳，王半春就细心照顾着，几乎两三天就往她那跑一趟，帮她收拾院子、换煤气、擦排烟罩，以及细心照料那条叫球球的狗。

就这样过了半年，陈小鱼从失恋的阴霾里走了出来，开始用心生活。

王半春也开始筹备他的酒吧梦想，努力工作，拼命赚钱，一个平时懒洋洋、吃饭都是叫外卖的人，居然每天还要做一份兼职，并学会了做很多精美菜系。

爱情，真是一个化腐朽为神奇的东西。

【5】

日子如白驹过隙，转眼就是一年多，很多能忘不能忘的，似乎也都被忘了。

就像博尔赫斯说的，我从不谈论什么背叛和原谅，遗忘是唯一的背叛和原谅。

在王半春以为自己有资格表白的时候，他开始策划这件事。

那天是5月20号，樱花开得正艳的季节，初夏的大连气温宜人，王半春牵着自己的狗，怀里抱着一束花，早早地就去了陈小鱼那里。

他去菜市场买了菜，还准备了一瓶红酒，甚至还带上了木吉他，总之，他能想到的浪漫，全部都武装上阵了。

晚餐很丰盛，情调也很迷人，烛火摇曳，夜色温柔，几杯酒下了肚，王半春抱起吉他唱歌，逗得陈小鱼哈哈大笑。

后来，王半春开始认真唱起了情歌，正准备表白求爱时，外面的两只狗却"汪汪汪"叫了起来。

陈小鱼和王半春跑出去一看，傻了眼，原来王半春养的"大黑"把陈小鱼的"球球"给上了。

居然是在这个节骨眼上，这真是一件……扫兴的事情。

两只狗缠绵着，难解难分，怎么也拆不散。陈小鱼一着急，竟然哭了起来，愤恨地看着王半春。

他知道，她又想起他了，那个远在万里之遥的远房表哥。

情不知所起，一往而深；缘不知所灭，一念而恨。

王半春抄起木棍，狠狠地打在"大黑"身上。狗叫着，她哭着，而他，无可奈何地看着眼前这一副破败苟且的残局。

奈何春江花月夜，只是疏影照离人。

那一晚，王半春牵着自己的狗，在大街上游荡了很久。

【6】

六月，百花盛开。

陈小鱼来找王半春，决定把"球球"送到他那里照看。

王半春皱眉，陈小鱼笑了笑说："等驾照下来，我想去上海看看，那里的机会应该更多些。"

王半春苦着脸问："一定要走吗？"

陈小鱼点点头，略微叹息："我会想你的。"

王半春眼圈一红，脱口而出："是不是还忘不掉他……别傻了，他已经有女朋友了，还是个外国妞。"

陈小鱼苦笑："又与我何干？"转身就离开了。

一个月以后，王半春去机场送她，这一别，可能又是遥遥无期。他决定向她表白，无论结果如何。

他搓搓手跺跺脚，咬咬牙喘喘气后走到陈小鱼面前说："那个，有个事一直想跟你说……就是吧，那个……我觉得……"

陈小鱼皱着眉问："怎么了，吞吞吐吐？"

王半春低着头，一只脚的脚尖抬了起来，用脚后跟碾着一个根本不存在的东西。

他说:"我的意思是……我一直很喜欢你……"

陈小鱼用手指了指他口袋说:"你手机响半天了,不接吗?"

"哦。"王半春刚接起电话,就听见马骁在喊:"生了生了,你快点儿回来吧,狗要生了。"

"×,早不生晚不生……"王半春骂了一句后,看着陈小鱼,还想要说点儿什么。

陈小鱼瞪了他一眼说:"还磨蹭什么啊,赶紧回去,照顾好我的狗。"

于是,王半春的第二次表白,又这样被狗崽子给搅和了。

但或许也不是。

至于是什么,他们各自心里应该很清楚。

【7】

陈小鱼走了以后,王半春开始筹建自己的酒吧,我和马骁被动入了股,每人交了两万块钱。

在太原街选了一家店面,王半春就张罗起来了。刚开业时生意不好,但王半春还是很努力地经营着,毕竟,那是他的梦想。

大约半年以后,陈小鱼打来电话说:"把狗送人吧,已经没什么感情了。"

王半春知道,她说的不是狗,是人,是过去。也正如他所想,陈小鱼又恋爱了,他也大度地送出了祝福。

爱情虽不能得,但生活总要继续,王半春把所有的精力都投入到了酒吧上。

就在生意慢慢好了起来时,陈小鱼的电话又打来了,她问:"能不能借我五万块钱?我有急用。"

王半春二话没说,只用了三天就把酒吧低价兑出去了,钱如数转给了陈小鱼。

我和马骁看着他说:"要钱没有,要命一条,爱咋咋的。"

马骁骂他:"你就是个傻子,连问都不问,就把钱转过去了。"

王半春说:"问了又怎样,她能跟我开口,一定是遇到困难了。"

马骁又好气又好笑地瞪了他一眼说:"那你就等着喝西北风吧,说好了,可别再来找我借钱。"

马骁走后,王半春可怜巴巴地看着我。我摊摊手说:"别看我,我也没钱。"

此后的日子,王半春过得非常惨,一个人要养活好几口——"球球"那一胎生了五只小狗。

尽管如此,他依旧没把狗送人。

那天之后我终于知道了,什么叫含笑饮砒霜也甘之如饴。

爱情果然就是一个贱字了得。

【8】

一转眼又是一个春天,陈小鱼突然就从上海回来了,她跟王半春说:"我能不能先在你这儿住一段时间?"

王半春愣住了，陈小鱼摸了摸肚子说："两个多月了，我不想让别人知道。"

于是，王半春开始拾掇房子，除了床，还添了几样家具。

他跟我说时，我简直惊呆了。我说："你养她的狗崽子也就算了，人崽子你也要养着吗？"

王半春不接话头，笑嘻嘻看着我说："小夏，五千，就五千，开工资就还你。"

我说："没有，五毛也没有，你这不就是个傻子吗？"

王半春一副欠揍的样子，他说："傻了这么多年，也不差这一回吧。"

他笑了笑，然后把头低了下去。最后，我还是给他拿了五千，又从马骁那儿拿了三千给他，没办法，谁叫是一起玩到大的朋友呢。

几天以后，陈小鱼不知什么原因，又决定把孩子堕掉。王半春为此请了假，照顾了她整整一个月，简直是比伺候亲妈还仔细，粥都要吹凉了才喂给她喝。

陈小鱼身体好了以后，就去找了一份工作，也没说打算什么时候离开，更没打算从王半春那儿搬出去。

我和马骁都觉得不对，就问王半春："什么情况啊，不清不白的，你倒是问个清楚。"

王半春摇头说："先这样吧，也挺好的。"

其实，他不问，是怕陈小鱼觉得他在趁人之危。于是，王半春更加周到地照顾起她来，每天都是早早回来做好饭，等她下班，如同新婚燕尔的小夫妻一样。所以，那几个月里，王半春异常的欢乐。

然而这样的暧昧，只如镜中花水中月，经不起触碰抚摸。

有一天下班回来，陈小鱼买了酒，看上去心情不错，王半春刻意炒了几个菜，两个人就喝了起来，都稍稍有点儿喝多了。

然后，她吻了他。

从高中开始，到大学毕业后三年，这一吻，他等了整整十个年头。

于是，他直接醉倒了。

第二天醒来时，天已经大亮。王半春洗漱好后，觉得哪里有点儿不对劲，就去敲陈小鱼的房门，是虚掩的。

他等了一会儿没有动静，推开门进去以后，发现陈小鱼的东西都不见了，梳妆台上留了个字条，寥寥两段话，刺得他眼睛生疼：

  对不起，请原谅我的不辞而别，我实在没法当面对你说出口。欠你的钱，我会尽快还给你的。

  他离婚了，我想我还是爱他的，所以，忘了我吧，谢谢你曾爱我！

王半春反复摩挲着那张字条，没哭没笑，简单收拾了一下，就去上班了。

沉默，是一种力量，也是一种坚强。

但也有可能，是另一种悲伤。

荒烟蔓草，寂寂无声，世界只剩一片空旷。

【9】

人生就是这样,总能遇到几件匪夷所思的事情,以及一些想爱不能爱,能爱怕伤害的人。

不久以后,王半春把家里的狗都送了人,又开始四处筹钱贷款,准备再把酒吧开起来。

这一次,我们从他眼里看到了不一样的东西,所以,我和马骁仍旧不遗余力地帮他。

谁还没在爱情里犯过傻,谁还没有那么一段疯狂,不都是在淋了很多场之后才学会打伞的吗?

酒吧开业那天,他抱着麦克风在台上唱:

如果不曾有过温暖

就不会害怕孤单

一个人吃饭

一个人上街

一个人就是整个世界……

我会很爱很爱你,直到故事终结。

他在台上看着我们笑,于是我们知道,他的一段故事,至此终结了。

从来就没有回头路可走

每个人心里都有一座城，自己出不去，别人进不来。

【1】

我叫陈俞鱼，在中国北方一个靠近海边的小村落里长大。

陈是父姓，冠母俞鱼之名，意为和美，相亲相爱。

母亲俞鱼是个江南女子，生得清秀温婉，我见过她年轻时的照片，很美。

父亲跟我说，那时候他做土特产生意，经常会跑南方，尤其是江浙一带。遇到我母亲那年，他27岁，她25岁，一见倾心，再见如故。

母亲不顾家人反对，毅然决然地随父亲北上，爱情的花火就这样穿越了大半个中国。

他们恋爱，结婚，生子，一个家庭就这样诞生了。

曾听见有人这样问过母亲："你嫁给这样一个男人后悔吗？"

母亲只是浅笑。她是一个有涵养的人，书香世家，有着良好的教育背景，我小学五年级时，她已经教我学完了初二的课程。

我15岁之前，一直想成为她那样的女人。

其实父亲也不差，除了学历低一点儿，头脑灵活，思想前卫。

抛却世俗桎梏，他们倒也般配，生活中相携相伴，恩爱有加。所以，我的童年是很幸福的。

读初中时，他们开始吵架，冷战热战各种战，到最后再无言语。

后来我一直在想，从无话不说，到无话可说，究竟是怎样的一个过程。

母亲是个虔诚的基督信徒，在我七八岁的时候，她做弥撒会经常带上我。

在他们感情出现问题以后，她曾给我讲过一个故事，懵懵懂懂，直到多年后我自己经历时，才得领悟。

她说，在死海的东南方，有一座叫索多玛的城市，那里的人们充满了罪恶，于是上帝耶和华决定引来硫黄天火将其毁灭，并派两个天使告诉索多玛城的主人罗得，让他携家眷逃离，且千万不得回头去看。

于是，天火降下来时，罗得就带着妻子开始逃跑，可是他的妻子不顾天使的警告，心念索多玛城，忍不住回头看了一眼，然后就变成了一根盐柱，永久地沉睡在那片土地上。

母亲说："我这么多年唯一学会的一件事情就是不回头，我相信最好的风景永远是在前面。"

所以，她走了，无任何顾念。

那年，我15岁。

可能父亲觉得神伤，也可能是想要淡忘，于是，就把我的名字改成陈小鱼。

去其姓，而忘其人，这是他处理自己伤口的方式，却因为我而承载。

世间情爱，匪思莫名。

【2】

考高中时，我成绩全镇第一，于是，被保送到大连读书。无论如何，我都是家里的希望，尽管父亲此时已经开始落魄了。

乡下孩子到城里，总是会有些不合群，所以几乎是没有什么朋友。

除了一个叫王半春的男孩子。

他对我很好，会弹吉他，歌唱得也不错，整日嬉皮笑脸的，但细枝末节里，心思却极为细腻。

从高二开始，他便每日带早餐给我，理由层出不穷，什么"吃腻了""买多了"，总之，他是在顾及我的自尊。

一开始我是拒绝的，但人生事就是这样奇妙，有过两次三次以后，你就会习以为常。

习惯是个很可怕的东西，习惯对一个人好，习惯一个人对自己的坏，习惯逆境中保持乐观，习惯开心时保有笑的尺度。

十六七岁的年纪，情窦初开，我心里很清楚，王半春为什么会对我这么好。

但是，我们谁都不会去戳破。至少，在当时看来，我们还徒有勇敢的外表。

他为我做过最勇敢的一件事是，翘课去帮我收衣服。那天下雨，雷声阵阵，他跑到女生宿舍楼，收衣服的过程中我的一件文胸被风刮到了楼下的树上，于是，他又爬上了树，恰巧教导处主任看到了，就喊了他一嗓子。他从树上掉下来时，手里还抓着我的文胸。于是，他变成了一个红人，整个学校的人都知道了他的名字。

我觉得很愧疚，去医院看望他，王半春笑嘻嘻地说："医生说没事了，就是有点儿挫伤，养几天就好了。"

我说："你怎么那么傻，打雷还往树上爬？"

他嘿嘿乐着，仿佛，那是一种莫大的满足。

年少的时候，我们总是这样，容易夸大情绪，无论是开心还是难过。

从那以后，我和王半春的感情似乎又近了一步，一起去食堂，一起自习，一起去跑步。

高考前他问我打算考哪里，我几乎没加任何考虑地说："考上海×大。"

这是我一直的梦想，从来没偏移过，因为那是我母亲的母校。

无论怎样，我都是想念她的，很想很想。

【3】

六月，高考来了，万千人从独木桥上厮杀而过。

从考场出来时，很多人哭了。我没有这种情绪，直接赶回宿舍，收拾东西回家。

在那一刻，我发现我很想家，尽管，那是个不完整的家。

王半春来送我，替我扛着行李，他依旧笑得很开心，仿佛就没有什么事会让他难过。

他看着我说："我也报了上海，如果考上了，我们又能在一起了。"

我替他擦了擦额头上的汗，低声地说："那我等你。"

火车启动时，他追着火车喊："如果我没考上，你还会等我吗？"

他一定以为我是没听见，我只是从来没试过等一个人。他奔跑的身影被甩在后面，渐渐模糊，我没忍住，竟然落了些泪。

母亲离开以后，我父亲身体一直不好，为了供我读书，又花了很多钱，所以家里的支出很困难，我也没有手机用。

录取通知书下来以后，王半春把电话打到了我们村的村委会。看门的大爷告诉我，他已经打了十几遍了，等我去接时，他却只说了两句话，电话就没电了。

他告诉我，他考去了哈尔滨，以及他有个远房表哥和我同一个大学，会让他表哥来照顾我。

我很想对他说声谢谢，可是，已经没有机会了。

很快,我的大学生活就开始了。不回头去看,是母亲教我的,尤其,在她的母校里。

大约过了半年以后,有个叫井言的人来找我,自称是王半春的表哥,让我接电话。

我摇了摇头说:"就不接了吧,学习任务很重的。"

我想,王半春一定很难过,可注定没结果的事,就长痛不如短痛吧。

从那以后,井言经常会来找我,渐渐地我们就熟悉起来了,因为是老乡,他也格外会照顾我一点儿。

他是个话不多的人,稍稍会有点儿冷,高高的个子,有点儿偏瘦。不同于王半春的是,他从来不假设任何一件事情,只是说"我要怎样怎样",不会说"我想如何如何"。

我喜欢男人有这样的品质,会让人莫名有安全感。

大二下半学期,我捡了一条流浪狗,特别地喜欢,但宿舍肯定是不能养,想来想去,就想到了井言,因为他是在校外租房子住的。

我抱着狗找到他时,他怜爱地摸着小狗的头,没想到他会这么喜欢小动物,这让我欣喜异常。

他笑着说:"起个名字吧。"

后来,我们就叫它"球球",只要一有空,我就会过去看它,和井言一起,带着它去公园里闲逛。

有时候,井言也会留我在家里吃饭,他亲自下厨,做点儿简单的,尽管厨艺勉强,但这份生活中的温暖,却是我久违的,让我依赖,让我遐想。

我突然发现,我喜欢上了井言。

【4】

有那么一段时间,我莫名地喜欢阳光,总是会跑到操场上去晒,为此还买了一盏台灯,橘光的,会开到很晚很晚,直到室友们发出抗议。

后来我发现,原来,我渴望的,只是温暖。

大三刚开始,我就和井言表白了。我说:"我们在一起吧,我发现我喜欢上你了。"

他笑了笑,去给我做吃的,就这样,我人生中第一次恋爱拉开了序幕。

后来想想,情节有点儿过于简单和草率,但在当时来讲,已经很让我着迷了,我甚至变成了一个阳光、开朗、黏人的女孩儿。

这真是一件不可思议的事情。

我和井言整整谈了两年,他对我很好,但冥冥中,哪里又有点儿欠缺。

直到大学毕业时,我才发现,原来,他从未说过爱我。

人生在十字路口经受着检验。他说他想出国,去好好深造一下。我说我可能会留在大连,那样方便照顾我爸爸。

于是,我们第一次分歧,无果,没能达成一致。

毕业离校后,我回了老家,打算先陪我爸一段时间,大学四年,每一次都是来去匆匆,他现在靠一家修鞋店来维持生计。

王半春在他生日那天给我打电话,委婉地向我表达了他的梦想,他说他要开一家酒吧,和心爱的女人一起。

我想了想,还是把和井言在一起的事情和他说了。因为,他为自己设计的梦想里,有我的影子。

我说抱歉时,他只是笑了笑,就挂了电话。

井言说他要走时,只是通知了我一下,并没有任何征求我意见的意思,所以,我只能说句一路平安。

伤痛迟了很久才发作,可是,我喜欢他的明明就是这种刚毅的性格啊,从不假设,认准了什么事就会去做。

所以,我也不怪他。

井言出国以后,我抱着"球球"去了大连,要工作赚钱,要面对现实。

王半春来车站接我,替我找房子,安顿生活。大抵,他以为又发现了什么希望。

其实,他对我已经足够足够好,体贴入微,有足够的热情和耐心。我甚至都假设过,如果当初他也考去上海,我想,我们是会在一起的。

可现实拒绝了所有没有意义的假设,就像,我无数次想过我爸爸和妈妈能够复合一样。

每个人心里都有一座城,自己出不去,别人进不来。

【5】

王半春跟我表白时，已经毕业快一年了。

那天是5月20号，很好的一个日子，他一早就过来了，给我买了鲜花，亲自下厨，做了充足的准备。

晚餐时，他非要给我唱歌，抱着一把木吉他，样子很逗很可爱，可能他觉得时机已经成熟，便扭捏着向我表露他的真情。

比较让人尴尬的是，王半春养的狗正在发情期，不知怎么的，就上了"球球"。

那一刻，我突然发现自己无比想念井言，哪怕他现在已经在异国他乡、万里之遥。

王半春第一次对我吼，他说："别傻了，井言已经有女朋友了，还是个外国妞。"

他的话就像刺一样，其锋芒准确无误地扎在我心上，于是，我没出息地哭了起来。

看着王半春牵着他的狗离开，那个孤单的身影真叫人心碎。

可是，他的悲伤恰恰全都是因为我。

大约一个多月以后，我决定离开大连去上海，这样对大家都好。我把"球球"送给了他，希望他能好好照顾，等驾照一下来，我就走。

王半春没说什么，或许，语言是最空洞的表述。

我离开大连那天，他来机场送我，再一次对我表白时，电话响了，原来，"球球"要生了。

我催促他回去，不想再一次让彼此陷入尴尬的境地。

就这样，我和王半春又一次告别，各有各的伤心。

初到上海的日子很难过，我咬牙坚持，努力工作，这是我目前唯一的寄托。

这个时候，我遇见了张楚，一个有钱的男人，大我七岁，他疯狂地对我展开追求，给了我前所未有的富足的生活。

很快，我们住到了一起，我迫切想要一个安稳的生活，不再颠沛流离，不要蝇营狗苟。

当我做这个决定时，给王半春打了个电话，让他把"球球"送人，算是对过去的一个告别。

王半春依旧没说什么，只是笑得黯然失魂。

就这样和张楚生活了半年，有一天他突然跟我说，要去澳洲办理离婚手续。那天，我用烟灰缸砸破了他的头，可是，那又能怎样呢？

我不恨他欺骗我，我只恨自己太愚蠢，一度以为，和他在一起就是我的一生了。

同时我也明白了，他对我所有的好，都是无数个前任教会他的。

就这样，我的第二段感情，以戏剧的方式宣告结束。

然而，人生不如意事，十之十二。张楚走了以后，我父亲病倒，住进了医院，需要一次大手术，我四处借钱，最后没办法，很无耻地跟王半春开了口，他给我汇了五万块钱。

我回老家陪父亲看病，庆幸的是，经过治疗后，父亲基本痊愈了。那个时候我才发现,我是如此爱他。

让人恼怒的是,我突然又发现自己怀孕了,那一刻,我恨死了我自己。

【6】

我去找王半春,这是唯一的出路,我想,如果他能接受,我就嫁给他吧。

王半春兴高采烈地给了我一个既往不咎的拥抱,收拾好房子让我住进去,照顾我的起居。

我很想跟他说,我们结婚吧,但终究没能张开口,那很无耻。我最后一点儿尊严告诉我,不能那么残忍。

所以过了几天以后,平复了一下内心,我决定还是把孩子打掉,他本不该属于这个世界,我也不能自私地把这些苦难转移到他身上。

做完手术那天,我哭了很久,王半春一直陪在我身边,给我端茶倒水,煲汤煮饭。

我想,他一定是上辈子欠了我很多很多,要在今生来偿还。

身体恢复好了以后,我开始工作。我强迫自己说:王半春很好啊,如果再错过他,你会后悔一辈子的。

我努力地,努力地,让自己爱上他。

可是我积累起来的所有情感,不及张楚的一个电话,他说,他离婚了。

伤你越深的人，越能动你心。

那天，我买了酒，王半春做了几个精美的菜，我们一起喝了一些，稍稍都有点儿喝多了。后来，我吻了他。

这是我能给他的，最后的温柔。

凌晨两点时，他还在沉睡中，我留了一张字条给他，然后坐飞机去了上海。

我再也没有勇气，当面对他说再见。

我不期望得到他的原谅，我只希望他能够死心。

我不配他来爱，不配。

【7】

张楚跟我说："我们结婚吧，我会用余生好好照顾你。"

我笑了笑，拒绝了。如果是以前，听到这句话，我会很开心，甚至可能跳起来，但是现在，我再也不会相信他了。

我说："我来见你，只是对过去做个了断，从此以后，死生不复相见。"

我在上海游荡了一段时间以后，去杭州见了我妈妈，她现在有了自己的家庭，过得很幸福。

她挽留我，甚至哭出了声音。可是，我不能那样做，因为我不能抛下爸爸一个人不管。

因为，我们是同样可怜的人，我们必须以爱的名义，相依为命。

从杭州离开以后,我去了大连,那天,王半春的酒吧开业,我躲在角落里听他在台上唱:

如果不曾有过温暖

就不会害怕孤单

一个人吃饭

一个人上街

一个人就是整个世界……

我会很爱很爱你,直到故事终结。

祝你幸福,王半春,我想我是爱你的,只是当我发现时,却已经配不上你了。

当晚,我坐火车回了乡下老家,一个小女孩摇着我的手问:"阿姨,阿姨,你怎么哭了啊?"

我笑了笑说:"阿姨想家了。"

我突然想起我妈妈给我讲过的故事,以及说过的话。

我这么多年唯一学会的一件事情就是不回头,我相信最好的风景永远是在前面。

原来,这世上真的没有回头路可走。

爱情是个单选题

> 恋爱的时候,我们经常说不离不弃,其实所谓的不离,只是一种情绪;而不弃,则是一种道义,无力,但有节。

【1】

抹茶跟我们讲她的情感历程时,我们都笑翻了。

19岁那年,她心目中的男人是这样的:高、帅、富。

大学毕业以后,发现这个审美观几乎和全世界女人雷同时,她稍稍做了一下改动,于是变成:帅、富。

很快就到了25岁,眼看身边的好男人一拨一拨被抢走,抹茶觉得做人还是应该更实际一些,然后把标准降为"富"。

她看着我们,眼神虚构出一些纯真,说:"钱很重要啊,不是吗?"

我们一起点头:"是,是,太重要了。"

抹茶送了我们一个大白眼："一个个都什么表情，有钱就有格局，这是伟人提出来的。"

我们齐问："哪个伟人？"

抹茶想了想说："我妈啊，她说没钱只能陪大爷大妈玩两毛五的麻将，有钱就可以和局长太太们打两块五的。"

所有人惊慌、错愕。

但我们知道，抹茶想表达的是，长安这个有钱的男人，是可以嫁的。

【2】

抹茶初遇长安时，刚过完25岁生日，正徘徊在辞职和马上辞职之间，生活和信心都在动荡重组中。

长安问她："在哪家公司上班？"

抹茶告诉他以后，长安又说："要不就别辞职了吧，我把他们公司买下来，你来当领导。"

抹茶眨眨眼睛："忘了告诉你，我们公司是世界500强。"

长安挠挠头，笑了笑说："那还是算了，不过没关系，辞职了我养你。"

抹茶瞪了他一眼："我觉得你不是好人，刚认识两个多月就说要养我。我怀疑你已经结婚了，孩子多大？"

"好人也不会写在脸上啊，再说了，认识两个多月就喜欢上你，说明你魅力大啊。要是认识两年还喜欢不上，你得多差劲，那时候我可能真的结婚生孩子咯。"

抹茶受到启发,把目光移到他脸上,仔细掂掇了两分钟,果真看不出是好人坏人。但是那张脸,确实没什么美感可言,说他是大众脸,可能都是对他的褒奖,最主要的是,太黑了。

于是,抹茶不留余地地断绝了长安想撩她的念头,她说:"我已经有未婚夫了,虽然我现在还不认识他,但我知道他长得还挺白净。"

长安不急不躁,给了她一个唇红齿白的微笑。

不久以后,抹茶真的就辞职了,原因是办公室里钩心斗角,为了点儿奖金就背后捅刀子。

生活又回到奋斗原点的抹茶很沮丧。累了就想找个肩膀,伤了就想结婚,这似乎是很多女人的通病,抹茶也不例外。

大学时骄傲,非高帅富不谈,拒很多追求者于门外。毕业工作了,遇到高帅富又不敢随便谈,然后一路纠结到了现在。

被同事打了小报告以后,抹茶红颜一怒,花了三个月工资办了一个健身俱乐部会员,比较高级的一个地方,单身贵族的出没地。抹茶一边疯狂地消耗着卡路里,一边等待着桃花运的到来。

其实这个主意是她一个表姐出的,她表姐就是走这条路线,遇到了自己生命中的白马王子,最后步入婚姻殿堂,过上了甜蜜幸福的生活。

可轮到抹茶时,就没这么好的运气了,白马王子没遇到,"黑老包"倒是遇到一个。

抹茶第一次听见长安的名字时,整个人都不好了。她说:"你真是暴殄天物，糟蹋了慕容这个姓。"

慕容长安笑了笑，说："没办法啊，我外婆说我婴儿时代哭得特别凶，估计就是对这个名字的抗议。可在这件事上我爸拥有绝对权，再说了，他书读得少，没叫建设、国庆我就知足了。"

"所以咯，"抹茶指着窗外的跑车说，"你们家是暴发户？"

长安挑挑眉毛，并没反对这个说法，他看着抹茶说："你看你姓上官，我姓慕容，多般配啊。要不，你做我女朋友吧？"

抹茶摇头："除了这个，再给一个能说服我的理由。"

"我有钱啊，很多钱。"长安得意地说，"像我这样长得这么让人放心的有钱人，可不多了啊。"

抹茶假装鼓了几下掌，肯定了他的自知之明。

【3】

在没遭到明显拒绝以后，长安就开始追起了抹茶。

他跟她说："如果说爱情和婚姻是要包容对方一辈子才能长久的，那么你选择包容对方的脾气还是肤色？尤其我这么成熟稳重的，你值得拥有。"

抹茶唏嘘："你成熟稳重？"

"显然的嘛。"长安说，"你看交警要拖我车了，我都没动。"

抹茶回头望了一眼说："有病啊？再不过去车真的就被拖走了。"

"好嘞。"长安笑嘻嘻地跑了过去,样子天真又调皮。

不可否认的是,一个有钱又有趣的男人,可以掩饰掉很多自身的瑕疵,比如,皮肤过分地黑。

抹茶跟我们说,长安穿的袜子都是过百一双的,而她当时吃顿肯德基都算奢侈,还要考虑房租,并且还在失业中。

她缺的,正是他多的,除了钱,还有爱。很多感情,就是这样萌芽的。

长安追抹茶的手段很简单,但也是最有效的,三个字:买买买,一言不合就送包。

抹茶忧虑地看着他:"你说我要是不答应你的追求,我也赔不起你这么多钱啊!"

"那就答应啊,我长得这么黑,带出去别人一看,还以为是外国友人,多拉风。"

"那将来分手了也不许拉清单。"抹茶摩挲着手上的新包说,"××,我上辈子积什么德了,高、富、帅只能任选一。"

长安轻盈地笑了笑,自语了一句:"爱情本来就是单选题,所以才这么让人着迷。"

抹茶一眼望过去,可能是阳光刚好落在他脸上,她突然觉得,其实,他也蛮好看的。

那天之后,他们两个人就在一起了。抹茶说钱很重要,男人有钱才是女人最好的春药。但其实,她更喜欢长安的温暖、有趣和稳重。

如同长安说的,如果两个人生活一辈子需要彼此包容,那长得黑一点儿，总好过脾气烂、无担当吧。

抹茶说："再说了，黑是健康的象征嘛。"

我们所有人同时把头转过去，拒绝这样的花式秀恩爱。

只是那句话却很动人心：爱情是个单选题，所以才这么让人着迷。

【4】

天下幸福一样甜。

在一起以后，长安就带着抹茶四处浪，去吃很多很多好吃的，去玩很多很多好玩的，玩了命地哄她开心。

抹茶问长安："你为什么对我这么好？"

"因为喜欢你啊。"

抹茶摇头，表情认真地看着长安说："可我怎么觉得这是你的一个阴谋。"

"对呀，就是宠到再也没人敢要你，我就放心了。"

"可是我不放心啊，哪一天你要是看上其他姑娘，我怎么办？脾气也大了，嘴也刁了，花钱也收不住了。"

长安摇摇手指："不会的，不会的，我长得这么黑，哪个没眼光的姑娘会看上我。"

"哦，也是。"抹茶想了想觉得哪里不对，"你个浑蛋说我没眼光。"

于是，两个人开打。

几个月以后，长安带抹茶回家，父母甚是喜欢，当即约定双方家长见面时间。

抹茶的妈妈除了对长安的"包公脸"比较意外，其他也没什么可挑剔，毕竟，有钱，毕竟以后可以随意打两块五的麻将了。

于是，双方皆大欢喜，就等着时机一到去领证了。

可天有不测风云，大约过了七八个月，长安的爸爸突然脑出血病逝了，长安还没来得及悲伤，就陷入了公司的麻烦里，股东纷纷撤股，几个大项目因为违约还吃上了官司，银行也来催收贷款。

而在此之前，长安对公司的事务全然不了解，只顾着玩了，幸好长安父亲的一个老部下还愿意帮忙，最后把家产都卖了，才还清了债务。

也就是说，长安现在一无所有了。

抹茶的妈妈听说以后，特意从老家赶来，没让抹茶知道，悄悄地去找长安谈了心。长安表示理解，并做出保证，以后不再见抹茶。

于是，不久以后，长安在电话里跟抹茶说："有个同学在上海，我去投奔他了，还有就是……你要是遇见合适的，就再谈一个吧。"

抹茶大骂："你把我上官抹茶看成什么人了，你以为我真是看上了你的钱才和你在一起的吗？"

"我知道你不是，但我是，我是因为有钱才决定泡你的，其实从来没用过心……对不起，我这儿有点儿忙。"

长安挂了电话以后，抹茶骂了一句"王八蛋"，眼泪不争气地就流了下来。

【5】

恋爱的时候,我们经常说不离不弃,其实所谓的不离,只是一种情绪;而不弃,则是一种道义,无力,但有节。

抹茶给她妈妈打电话,她妈妈说:"我知道这样做不好,但你是我亲闺女,我能眼睁睁看着你往火坑里跳吗?"

"好,我不跳,但我会证明给你看,那不是火坑。"

抹茶挂了电话,订了张机票就去了上海,其实几天前,她爸爸就给她打了小报告,说:"你妈去你那儿了,我猜你应该是不知道,爸想跟你说的是,咱们不能那么做人,无论你有什么决定,爸都支持你。"

飞机落地时,已经是傍晚了,抹茶拿着打听来的地址,一路找到长安的住处。

他同学何东说:"他现在挺难的,一天要打两份工,你是在这儿等他回来,还是去找他?"

"他几点回来?"抹茶问。

"十一点多吧,在便利店兼职。"

"那我去找他。"

抹茶打车找到的时候,长安正在低头理货,机械地说了一句:"晚上好,欢迎光临。"

"好你个头。"抹茶张口就骂,"你个王八蛋没良心的。"

长安先是一愣，随即笑了起来："我有种神奇的感觉，就知道你会来。"

抹茶瞪了他一眼，看了看他一脸蒙×的同事和顾客，忍住了没再发飙。

一个小时以后，抹茶在外滩广场上，用力地捶了长安两拳，然后扑到他怀里哭了起来。

长安抱着她说："我现在可是穷光蛋了，不能再让你买买买，花花花了，你不要嫌弃我。"

"那我可得好好想想，除了这些，你还能给我什么，说来听听，要是不好，我连夜就回大连去。"

"很多啊，让我想想……"长安略微思索了一下，"除了爱你，似乎也没什么了。"

抹茶噗地笑了出来，然后又哭了，她说："足够了。"

长安拦腰把她抱了起来，抡了好几个圈，大声地说："我说过的，我长得这么黑，除了你，没有哪个姑娘会这么没眼光的。"

"切，我愿意，我就没眼光，怎么了？"抹茶说，"那你呢？"

"我啊，我也没眼光，找了这么傻的一个姑娘。"

长安笑着，把她紧紧抱在怀里说："相信我，我会照顾好你的，这辈子。"

抹茶点点头说："我信，一直都信。"

然后，两个人的眼泪就都掉了下来。

【6】

世人叹爱情之凉薄，易相知，难相守，在世俗里千锤百炼，被物质一次次考验，可是，真患难时，有多少人义无反顾地坚持过呢？

抹茶有资格这样说，也这样去做了。她把长安送给她所有的东西都卖掉了，换了现金，和长安一起回大连经营了一家小店。

他们曾历经繁华，却也能甘于平庸，这才是真正的爱情，富不离，贫不弃。

长安关掉店门，得意地看着抹茶说："走，带你浪去，买买买，花花花。"

抹茶白了他一眼："还以为自己是富少啊，赶紧回家做饭去，我饿了。"长安摇头，拉起她的手就走，"我说过的，还会让你买买买，花花花。"

于是，长安带抹茶去了夜市，大手一挥说："随便挑，随便选。"

抹茶送了他一个大白眼，内心却是充实的。

最平淡的幸福，反而是最真实的。

长安拉着抹茶的手，从夜市这头，买到那头，又去大排档胡吃海塞了一通。

他用最少的钱，满足了她买买买、花花花、吃吃吃的愿望，可是，却比挎着上万块的皮包，更让抹茶开心。

因为，那是他现在能给予她的全部。

2016年初,抹茶和长安领了证,没有大操大办,只是亲朋好友聚聚,摆了几桌。

交杯酒以后,长安问抹茶:"我现在既不高也不帅,更不富了,你后悔吗?"

抹茶摇头说:"爱情是个单选题,这是你说的,我记得特别牢。"

抹茶又问长安:"娶我这样一个没眼光的姑娘,你觉得骄傲吗?"

长安低头在她脸上印了一吻,拉起她的手说:"此生不负,愿宠你为荣。"

我们所有人看着他那张脸,虽然黑,但觉得在闪闪发光。

此生不负,愿宠你为荣!

是那些错过的人，教会了我们成长

有些习惯已经如影相随，根植在心里了，所以很多时候我就想，不是我们多思念那个人，而是放不下那段回忆。

【1】

从婚姻的角度来讲，他是个不幸的男人，39岁感情破裂，一纸离婚证书把他的人生也拖进了低谷。

在稀疏的印象里，他们是有过几年恩爱的，我记得他在结婚十周年时，吻了她。

那天的晚餐很丰盛，是他亲自下的厨，有红酒有蜡烛，还有玫瑰，我乖巧地坐在旁边，看着他们深情对望，内心被塞满了幸福。

我十岁时他们开始吵架，很凶，但通常都是一些鸡毛蒜皮的小事。

后来他们就不吵了，可能觉得吵架也是需要消耗体力吧，之后就是漫长的冷战。

初中一年级时，他们离婚，大概认为我还是个孩子，所以并没有事先通知我，却无情地抛给了我一个选择题，跟谁一起过？

这不是历史、化学试卷，选A或者选B早有定论，也不是猜硬币就能随意做出决定的。最终，我奶奶替我做出了选择，坚决要把我留下来。

据说妈妈去了一个很远的地方，远到我从来没听说过。她走了以后，爸爸开始喝酒、打牌、彻夜不归。我讨厌他的颓废，讨厌他过早的沧桑。只是，奶奶去世后，他是我身边唯一的至亲了。

可能他自己也觉得，日子这样过不行，于是，读初三时，家里又多了一个女人，负责我的饮食起居。

我不想把家里突然出现的第三者视为洪水猛兽，但是我的确无法佯装出一副笑脸。庆幸的是，我的高中生活结束了。

说真的，从家里搬到宿舍那天，我兴奋异常，甚至还搂着他的脖子，在他脸上亲了一下。

他揉着我的头发，露出歉意的笑容。是的，我的小心思被他看个通透。这次的逃离，我蓄谋已久。

但这也只是暂时的，因为我突然发现，自己是个不合群的姑娘，和室友们的关系不僵，却从不和谁亲密。

渐渐地，我也习惯了这样的孤独，并且片面地以为，这就是独立了、勇敢了。

直到遇见苏小小，我才知道自己多么渴望拥抱和温暖。

【2】

她是个江南女孩,娇小柔美,笑起来像蜜糖一样甜,很黏人,会不停地说话。

大一分宿舍,她主动睡上铺。我说:"哦,你喜欢安静。"

她头摇得像拨浪鼓,熟了以后她才跟我说,她喜欢下床时,看见有人在的感觉,尤其是深夜。

这是一个奇怪的理论,可是,她就这样固执地坚持着。

在听苏小小吞吐了无数小秘密以后,我们成为了好朋友。后来很多时候,她半夜去厕所回来,干脆就不爬上床,和我挤在一起。

她有个习惯是我很讨厌的,说话时会挽起我的手,然后细细地抚摸我手臂上的一小块皮肤,挤在一起睡觉时,也会这样,这让我很抗拒。

几次以后我直接问她:"你不会是……拉拉吧?"

苏小小捧着肚子大笑,眼泪都快挤出来了,缓过劲儿以后,她说:"不,我有喜欢的男孩,他在杭州最好的大学。"

她双手托着下巴,仰望着天花板徜徉的样子,真是让人嫉妒。

后来她又自言自语了一句:"不知道他会不会一直等我。"

于是我才知道,她也是一个孤独的孩子,从此我们开始抱团取暖,倾诉生命里不能释怀的惆怅。

她跟我说,那个男生叫陈默,高高的个子瘦瘦的,不爱说话,他喜欢一个叫高旗的摇滚男歌手。

高中毕业时,他们在学校后边的小树林里拥抱、亲吻。当陈默把手放在她娇小的乳房上时,她本能地推开了他,然后互相不敢看彼此的眼睛。

匆匆说了再见以后,这场年少花事,就以这样尴尬的方式暂时搁置了。

苏小小说:"也许他会忘记我,也许他还会爱上其他女孩,谁知道呢,四年那么久。"

这个世界就是这样,你要伸手向它讨一点儿柔情,必然要付出一些代价。

【3】

大学四年,我和苏小小始终在一起,如影相随,大二时,我们一起在校外租了个小房子,有了一个属于自己的小天地。

她性格柔软,话多黏人,但行为独立,做事喜欢亲力亲为,不依赖任何人,这是难得的品质,也是我缺乏的。

所以我慢慢发现,她要比我果敢、坚忍得多。

她会每周五晚上给陈默打电话。他接时,她就噼里啪啦说个不停;他不接时,她就会有一些小郁闷。

我曾试着问过她:"这样的恋爱会不会谈得很辛苦?"

苏小小摇头,笑得甜美可人,她说:"快点儿毕业吧,再快一点儿,然后又可以在一起了。"

这是一件匪夷所思的事情,至少在当时我是不能够理解的。

她把她的钱都用在了打电话,给他买小来小去的东西上。可是，我从没见她接到过他的来电，也没见她收到过他的任何礼物，哪怕是在她生日的时候。

尽管如此，她还是爱得如痴如醉。

大三那年冬天，她计划着偷偷去看他，为此攒了很久的钱。

走的那天下雪，苏小小提了一盒生日蛋糕，坐动车去了他的城市。她只有两天时间，去掉路上的，大约也就是见一面，吃一顿饭，必须再匆匆赶回来。

她到他学校门口时才打电话，陈默很惊讶："你怎么来了？"

苏小小雀跃地说："生日快乐，生日快乐！"

陈默走出来时，她飞奔着扑了过去，像只小鸟一样吊在他脖子上。

两年多时光，如潮席卷。她落泪时，他下意识地回头看了看，然后低声说了句："对不起，小小，我想……我们不太合适。"

苏小小怔怔地看着站在陈默后的女孩，什么也没说，拎起地上的蛋糕，转身就走了。

她坐在回程的列车上，切开蛋糕，一口一口往嘴里塞。

传说，甜食是会让人感到幸福的，可对苏小小来说，只有眼泪的苦涩。

【4】

那年冬天很冷，我和苏小小蜷缩在床上，又开始不停地说话，从宫崎骏的动漫说到某女星的花边新闻，有时候也会因为王菲和小红莓谁唱得更好听而争论不休。

日子就这样过着,我们对过去都绝口不提。如果伤口可以自愈,就当它是最好的结局。

元旦的前夜,社团彩排节目,同系一个叫方舟的男生抱着一把木吉他,在台上疯狂地唱情歌,后来他在麦克风里喊:"顾小夏,我爱你,你可以做我女朋友吗?"

全场寂静一片,然后所有人把目光纷纷投向我,爆发出雷鸣般的掌声和呐喊声。

这一切来得太突然,我呆滞地望着苏小小,希望得到她的帮助。

苏小小抓起我的手说:"加油。"

方舟跳下舞台,不知从哪里变出一束鲜花,走到我面前又问:"能做我女朋友吗?"

我没接花,摇摇头,拉起苏小小出了剧场,一路跑回家。

她倚在门框上看着我笑,坏坏地说:"你心跳得很快。"

我说:"不知道,脑子很乱。"

接下来几天,方舟依旧对我穷追不舍,苏小小说:"据我考察……此人不错,要不,你就收了吧。"

我和方舟大一下学期就认识了,还一起参加过几次社团活动,他人活泼开朗,歌唱得很好,在学校,也算是小有名气。

可我内心总是会有些抗拒,说不出为什么,大概是我爸说,他和那个女人分开了,大概是我妈妈突然打电话说,她要结婚了。

就这样一直到第二年开春,方舟没有再大张旗鼓地表白,而是请我去吃了一碗拉面后,一切改变了。

他平静地说:"小夏,我想我做好了要爱你很久的准备,我不要再轰轰烈烈,我只想像现在这样,平平淡淡。我们在一起吧。"

后来,我们一起沿街走了很久,夕阳漫洒,他拉我手时,我没有拒绝。

我把这个消息告诉了苏小小,她笑得花枝招展,勾起我的手指说:"加油,小夏,你会幸福的。"

我不知道以后会不会幸福、长久,但是当方舟跟我说:"小夏,让我试着照顾你吧。"那时,我的内心是温暖的,湿润的。

已经有七年,没有人再对我说过这样温暖的话,只有我一个人在默默前行。我渴望被人珍藏,妥帖保管,小心安放,免我惊扰,遮我流离。

为此,我可以付出足够的真心。

【5】

我和方舟在一起以后,苏小小开始画画,给一些杂志做插图,偶尔会收到一些稿费,算是个小惊喜。

我知道,她是在找事情做,不让自己闲下来。比如,她又开始学做糕点,为此还买了一个小烤箱,然后骄傲地把蛋挞端到我面前,等待我的夸奖。

有时候,我会觉得很愧疚,更多的时间,我都是和方舟在一起。很快就要毕业了,未来是不可知的,我们彼此都很珍惜。

苏小小挑起眉毛说:"好好去谈你的恋爱,看着你好,我也会开心的。"

我看着她笑,她冲我做鬼脸。

就这样说着说着,大学真的就要毕业了。让我感动的是,我问方舟有什么打算时,他笑嘻嘻地说:"你的打算就是我的打算。"于是,我们决定回大连。

他叫方舟,我也希望他是我的诺亚方舟。

苏小小为此狠狠地嫉妒了一把,非要我和方舟请她吃饭。那天,我们去吃了烤肉,还喝了一点儿啤酒。

苏小小的状态有些异常,一杯一杯地往肚子里灌,神情里有掩饰不住的兴奋。

直到后来回去时,她才扭捏地跟我说:"小夏,陈默跟那个女生分手了,他在电话里跟我讲的。"

我皱眉:"然后呢?"

苏小小抬头望了望天空,长吐了一口气说:"他要出国了,去西班牙。"

我刚要开口,她又补充:"没关系啊,几年而已,我可以等。"

那一刻,我确定爱情有毒,要么就是她疯了。

我说:"亲爱的,你要好好想一想,异国他乡,远隔万里,会有很多变数,你不能拿自己的幸福去做赌注。"

苏小小笑了笑:"有什么办法呢,我试过了啊,可还是忘不了他,仍旧深爱着。或许,我就是这样一个死心眼的人吧!"

我很想说，他能伤害你一次，也会伤害你第二次，但终究没说出口，那会很残忍。

她把手插进口袋里，低着头，在前面走着。看着她的背影，我突然觉得，她好瘦，像一朵忧伤绽放的水仙。

六月，天热了起来，我和苏小小开始收拾东西，准备退掉房子。

她是个话痨，一边打包一边念叨："呀，这个烤箱要不要带走，这么多书可怎么办，你会不会给我打电话啊，你们不会很快就结婚了吧……我会想你的，小夏……"

她看着我笑，眼泪簌簌地流了下来。

离别总是叫人难过，四年的陪伴，已经不是友情那么简单了，我已经习惯了身边有一个叽叽喳喳的人。

她回江苏时，我和方舟去送她，她突然变得很沉默，抱了抱我，抱了抱方舟，转身就进了安检门。

她说："小夏，要幸福，要幸福。"

我点头，忍不住就红了眼圈。

没有兵荒马乱，没有载戟干戈，青春就这样散了场。

【6】

我把方舟带回家时，爸爸正在上班，接到我的电话时说："等着我哦，等着我，很快的……"

半个小时后，他出现在家门口，我内心忐忑不安，终究，我还是希望得到他的肯定。

他把车停好,从后备箱拎出两大包海鲜,笑呵呵地说:"鲜活着呢。"

我接过来时,他又有些责备:"怎么不早打电话,我去机场接你。"

方舟提着礼物,恭敬地站在旁边叫叔叔。

他打量了一下方舟说:"走吧,进屋说,也真是的,不早打电话……"他责备着,抱怨着,只是我在他眼睛里,分明看到了喜悦。

家里很乱,我和方舟收拾,他扎起围裙下厨,时不时探出头来问我和方舟一两句,明明是很关心,却故作一副爱理不理的样子。

于是我和方舟只好偷偷地笑。

我想,他应该也会很寂寞吧,家里已经很久没人跟他说过话了,想到这儿,又很心疼。

晚餐很丰盛,他开了一瓶好酒,给方舟倒了一杯,于是就自顾自地说了起来。我突然发现,他的话可以这么多。

方舟做了保证,我爸惆怅地叹了一句:"女大不中留,对她好点儿,我就这么一个宝贝闺女。"

我咬着嘴唇,鼻子酸酸的。

后来他去刷碗时,我看见他躲在厨房抽烟,脸上有一行老泪。

不久以后,我和方舟开始找工作,很快就安顿了下来。

苏小小在电话里说:"小夏,看到你幸福,真替你开心。"

在荒烟蔓草的青春里,我们相携而过,彼此依偎,我真的很庆幸，遇见了这样一个女孩子。

这些说起来风轻云淡，可只有我知道，她对我有多重要，多难得。

【7】

时光如惊鸿照影，翩跹而过，一转眼又是一个三年。

苏小小说她要来大连时，我高兴得连话都不会讲了。

从机场把她接回来，我们哪儿也没去，就在家里一直说话，说了整个晚上。

她告诉我，陈默要从西班牙回来了，在大连一家软件公司上班。

我问他们相处得怎么样，她笑嘻嘻地说："还好还好，没有惊喜，一切都很平淡。"

是啊，已经二十五六岁了，再也没有了曾经的激情。年少时，忧伤无法自持，一点点痛就会挣扎得很厉害，把小恩小惠看成了是生命的馈赠。而如今，我们终于学会了平静地看待这一切。

时间，真是个伟大的东西。

她小心翼翼地问我："你和方舟怎么分手了呢？"

我很释然地告诉她："有一些现实的因素，也有一些感情的原因，到最后两个人发现，都没那么爱彼此了，所以……上天就给了这么多缘分吧。"

我和方舟是七个月前分手的，他回了长沙老家，受父母之命，开始频繁相亲，每一次都会告诉我结果。

其实，有那么一小段时间，我也是很难过的，但慢慢地也就想通了。我们在一起时，都是很努力地爱着彼此，后来感情淡了，也没有相互怨怼，大概，这就是最好的结局了。

大约半个多月以后，陈默也来大连了，他们两个请我吃饭，一同回忆了一下大学时光，唯一感叹的就是岁月匆匆。

一转眼，我们都已经要成家立业了。

陈默和苏小小在靠近海边的地方找了一所房子，开始经营自己小小的家。我接受朋友们的建议，偶尔周末的时候，也会去相个亲。

这是一件匪夷所思的事情，虽然我知道，我自己对方舟的感情也没有多重了，可是很多标准，还是按照他的条件去参考的。

有些习惯已经如影相随，根植在心里了，所以很多时候我就想，不是我们多思念那个人，而是放不下那段回忆。

比如苏小小和陈默。他们破镜重圆的感情，也仅仅维持了半年，大约是冬天落第一场雪的时候，苏小小跟我说，他们分手了。

我有些惊讶，苏小小嫣然一笑："这一次，是我先逃的。"

我说："怎么会是这样，你等了这么久？"

她说："是很久，从高中到现在已经10个年头了，可是这十年，我们从未在一起生活过，缺乏最基础的了解，也都各自变了很多。虽然我们都在努力适应对方，可是人生观、价值观的不同，让彼此都很委屈，那不如，就放一条生路给对方。"

十年，三千多个日夜，那么漫长的岁月都能坚守过来，只是半年生活，就拆散了两个人。可能就像苏小小说的，这么多年，我们坚守的可能只是一份理想。而生活，恰恰是要我们面对现实。

我问苏小小："会有遗憾吗？"

她点点头，毕竟十年了。所以我现在想，或许爱情是没有回头路可以走的，只是因为自己不甘心。

我拉起她的手，相视而笑。现在，我们是一样的人了，尝过爱情的酸甜苦辣，等待过、付出过、痴情过，最后换来了内心的平静。

那个冬天，她没有回江苏，在大连一直陪我到圣诞节，日子仿佛又回到了从前，我们躲在房间里，不厌其烦地说话。

只是，我们不会再害怕离别，不会再害怕打击。有一些人，虽然没有陪我们走到最后，但是，却教会了我们成长。

感谢生命里的每一次遇见。

第四章

所有的美好都会如期而至

我就是我,颜色不一样的花朵

有谁的爱情能坐享其成,不都是撞得七荤八素以后,才相携终老的吗?

顺水推舟的是人情,逆水强渡的才叫情人。

【1】

我喜欢杏花,小小一簇,俏在枝头,不与牡丹争宠,不与玫瑰争艳,迎着早春开,偎着风儿笑。

又恰巧,我的名字叫"杏儿",所以,我希望自己也是这样一个人,芬芳馥郁里的一朵,不必出彩,也不愿出众,安安稳稳地过自己的生活,小小的烦恼,小小的幸福,一切都会很美。

我就是我,颜色不一样的花朵。

但我知道,在做成这样的人之前,我还得经历些什么。

比如,春寒料峭;比如,暴雨摇枝。

幸福,最终属于勇敢而又坚定的人。

【2】

于桃说:"你要是杏花,那也应该是红杏。"

我天真地问:"为什么呢?"

她说:"红杏出墙啊。"

显然,她是个损友,但我猜,她真的是这么指望的。

于桃不止一次跟我说:"你应该去爱关小楼啊,他那么好。"

我就回她:"陆毅也很好啊,可是他有鲍蕾了,宝宝爱不起呀。"

每每这时,于桃就很气愤,她说:"你会后悔的,李元舟是个爱情沸点很高的人,你要不把自己烧得滚烫翻开,他的热情就会迅速冷却。"

"我知道啊,可那又怎样,我就是爱李元舟,不爱关小楼。"

有谁的爱情能坐享其成,不都是撞得七荤八素以后,才相携终老的吗?

顺水推舟的是人情,逆水强渡的才叫情人。

【3】

关小楼一直怀疑我的心理发育比较晚,简单点儿说,就是我经常会做一些蠢到不可思议的事。

比如初中时,我语文成绩一直是班上第一,作文总是被当作范文来张贴。所以,后来我就会故意做错几道题,将成绩稳定在第

二、第三。

关小楼觉得我有病，脑残十级有证书。可我真的不想考第一名，我觉得每次在讲台上朗读自己的文章，还要酝酿丰富感情时，很像个傻子。

这样的事，不胜枚举。

后来大学毕业决定和李元舟在一起时，关小楼更加坚定地认为，我是被猪大油蒙了心。

我说："你是嫉妒吧？"

他一脸的不屑："切，我会嫉妒他？"

"哈哈哈，哈哈哈，我不想再掰扯这个问题，那实在没什么意义，情情爱爱就那么点儿事，何必躲躲闪闪，掖掖藏藏。"

我一直是个喜欢简单的人，不愿猜来猜去，脑子不够用，心很累。

所以，从小到大，我都是捡眼前能看得到的幸福，能摸得着的快乐。

碰到了就扑上去，至于结果，那是上帝的事情。

【4】

所有人都认为我和李元舟在一起不合适，是两个极端。

他天性不羁，自由随意，不喜欢被束缚，溢出一切规则之外。

而我呢，我只想安分守己做一朵淡妆素雅的春杏，与世无争，怡然自得。

大学都快要毕业了，李元舟才来追我，动静搞得很大。他有一支自己组建的乐队，我走到哪儿他们就跟着我唱到哪儿，拉着横幅，还求足球队和篮球队的人帮忙呐喊。

于是，他们的乐队火了，所以我始终怀疑，他最初的目的就是如此。

在一起后我问李元舟，他笑呵呵地说："挺好啊，又能追到你，又能出名，两全其美。"

那好吧，我也懒得去分辩。自从大三那年认识他开始，他就这副德行，很爱玩也很会玩，无论什么事，只要他想做，就一定会去做，淋漓尽致地投入，等玩腻了玩够了，就再也不碰。

比如说他突然从乐队里退了出来，我就问他："为什么呀，刚刚有点儿名气？"

他说："这样就可以了啊，世间有那么多好玩的事，干吗非要在一件事上把自己耗死？"

这个说法……似乎也合乎情理。

转眼大学毕业了，李元舟玩心又起，决定带我行走江湖，浪迹天涯。

于桃听说这件事时，眼睛瞪得像铃铛一样。她说："唐杏儿，你脑子没问题吧，不工作哪来的钱？没钱吃什么喝什么？"

关小楼则直接说："智障。"

我冲他吐吐舌头说："回去我妈要问起，不许说我谈恋爱了，否则就地正法。"

关小楼懒洋洋地看着我，他说："你就作吧，早晚把自己给作死。"

尽管如此，出发前关小楼还是给我拿了一千块钱，以备急用。他哭丧着脸说："没有就再打电话，真替你操心。"

当然，钱我是不会收的，名不正言不顺，哪怕我们是十年的朋友。

很快，我和李元舟就踏上了旅途，钻过秦岭的深山，露宿过内蒙古的草原，黄河岸上喝过水，长江边上吹过风。

饿得不行时，还偷过老农的香瓜，啃过没熟透的苹果。

这一浪就是五六个月。

听起来有点儿惨，其实倒不怎么缺钱，李元舟歌唱得好，每到一个地方，就可以去酒吧串场，要么找个天桥、车站，一晚上也有一两百，足够我们俩花。

但问题是，如果他口袋里有100块，是绝对不会只花99的，从来都是今朝有酒今朝醉。

记得刚到长沙时，我们努力赚了一千块钱，本来可以用上一段时间，可是他非要去世界之窗玩，嗨爽了之后，发现口袋里只剩几枚硬币。

我说我饿了，要吃饭。他想了想说："好，去吃大餐。"于是就找了一家饭店，他进去跟老板说了几句后，老板就领我们去了后院，端出一大堆盘子和碗。

他刷一个笑一下，我刷一个瞪他一眼。他撩起点儿清水，洒在了我脸上，我端起盆子满院子追他。老板一看，赶紧拦在我们中间说："算了算了，就当请你们了，还是让员工来刷吧。"

于是,我们吃了一顿丰盛的晚餐,老板人好,还给我们找了个住的地方。

不知道我是不是真的心理发育比较晚,还是恋爱后就变笨了,竟觉得李元舟说什么都是对的。

他说:"开心最重要啊,想那么多干吗呢,有手有脚,还能饿死吗?"

于桃和关小楼一直不明白我喜欢他什么,其实我自己也不知道,大概,就是和他在一起很舒服吧,没有未来的紧迫感。

相形之下,他们从大四开始,就各种计划人生了,每天都喊着人生艰难,过早地把自己交付给了这个世界。

那是我抗拒的生活方式。

【5】

走走停停地,一转眼就游完了大半个中国,冬天也来了。

在哈尔滨亚伯利滑完雪以后,李元舟揽着我的腰问:"亲爱的,累不累?要不我们找个地方停下来,去哪儿你说了算,我无所谓。"

我说:"好。"然后,我们就回了大连。

刚一到家,我妈就把我劈头盖脸骂了一通,她说:"你这大半年都干吗去了?"

我搂着她脖子说:"四处走走长长见识啊,这不想您就回来了吗?"

她瞪了我一眼，又拍了一下我的头，然后就去做饭了。看来，关小楼的口风还是比较紧的，没把我和李元舟的事说出去。

但让我比较意外的是，于桃也来了大连。

果然是没有无缘无故的爱，也没有无缘无故的恨，我就知道她是喜欢关小楼的。

可我不明白的是，既然她喜欢关小楼，为何还总是希望我和他在一起。

爱情真是一件让人费解的事情。

接风宴是关小楼安排的，我没客气，狠狠宰了他一顿。席间于桃问："你们俩有什么打算？"

我看向李元舟，他用食指挠了挠脸说："要不，就先找工作赚钱？"

我说："这还有什么犹豫，玩也玩了，不赚钱你将来怎么养我？"

李元舟皱起眉头："将来吗？还没想过呢。"

他那副被吓到了的样子很让我尴尬，我一脸蒙×地看着他，关小楼表情复杂地看着我，于桃托着下巴望着关小楼。

这……真有趣。

李元舟说："计划那么远也没用啊，先找份工作再说呗。"

好吧，这就是他的答案，虽然知道他本性如此，可心里还是不舒服。

也不记得从什么时候起，我开始患得患失了。

有些人，越在意就越害怕失去。

【6】

这世上总有一个词会让你学会低头，它叫作现实。

那天以后，我去了一家私企做了个普通职员，李元舟的情况就比较糟，不是工作挑他，而是他心思根本就没在这上面。

租了个房子后，他手里也没有太多钱了，于是又去找酒吧驻唱，依旧赚多少花多少。

不知什么时候起，他又迷上了户外运动，每天跟俱乐部里的人疯来疯去，玩得不亦乐乎。

我有点儿急，第一次跟他吵架。我说："你这样只知道玩怎么可以呢？不赚钱将来我们怎么生活？"

他一脸的无辜，非常不解地看着我说："钱有那么重要吗，你要相信我，将来我们会有很好的生活的，可是现在我们这么年轻，不玩一玩什么时候玩呢，等将来结婚生小孩吗？"

我说："症结根本就不在此，你根本就没想过我们的将来，或者说你的将来里根本就没我。"

他摇头，看着我的眼睛："我有想过啊，从决定追你时就想了，可这跟赚不赚钱没什么关系啊，现在你有工作，自己能养自己，我也是啊。你看，我们不是很开心吗？"

我生气，无名怒火，他这明明是在推脱责任。没有钱怎么结婚？连婚都不能结，还谈什么未来？

李元舟说:"好好好,你要觉得金钱是感情的保证,那我就去赚钱咯。"

不久以后,李元舟真的就不玩了,开始找工作,按时上班。

新年过了以后,他又把工作辞了,开始创业,做了一个节能减排的项目,政府支持,贷款好贷,融资容易。很快,一个小小的公司就成立了。

这世上有一种人就是这样,他们对很多事不感兴趣,但不代表他们做不好。

公司成立以后,李元舟开始忙了起来,前所未有的认真,事无巨细,所有事都经过合理的思虑和安排,所以,只用了三个月就开始实现盈利。

他没有在我面前进行讨赏,可能他觉得没有意义,只是继续带我各种吃、各种玩。

看着他没日没夜忙的时候,我也会觉得心疼。我心里知道,这不是他喜欢做的事情,至少目前还不是。

我问他:"辛不辛苦?"

他摇摇头说:"只是有点儿无聊。"

就这样忙了一年,公司的净盈利超过了60万,我觉得应该和我妈说了,于是,就把他带回了家里。我妈一看就很高兴,又能赚钱,人长得又不差,于是做了一大桌子菜。

然后,我们的恋情公开了,并得到了家人的祝福和支持。

就这样又过了半年,他突然请我吃西餐,神秘兮兮地还买了一大束玫瑰花。我心里想,该不是要跟我求婚吧。想到这儿,心里美滋滋的。

果然，吃完饭以后，他从口袋里掏出来一个精美小盒子，很得意地说："打开看看，给你的。"

各种念头在我心里浮想联翩，想想有点儿小激动，可是等我打开时，却没看到钻戒，但比戒指贵多了，是一辆宝马车的钥匙。

我疑惑地看着他："干吗，你不是跟我求婚？"

"求婚？"李元舟愣了一下，"还早吧？"

我说："那你送我车干吗？"

他笑了笑："喜欢就送了，难道你不喜欢？"

"我当然喜欢，问题是我一个普通小职员，开这么好的车干吗？"我疑惑地看着他。

李元舟想了想说："那个，我把公司转让给别人了，卖了这些钱，不知道怎么花，就给你买了辆车。"

这……难以理解。

我说："公司发展得正好，为什么要转让出去？"

他笑了笑说："太无聊了，我准备去西藏玩一段时间，还没去过呢，你要不要一起？"

他是个行动派，说走就走。我妈听说这件事后很生气，虽然我也一样，但还是找了很多借口替他辩驳。

我突然有一种感觉，李元舟从来就没爱过我，他只是爱上了一种自由的生活。而我所期待的安稳，恰恰与他相悖。

这真叫人烦恼。

【7】

李元舟这一次走的时间有点儿久，整整十个月。

他回来那天，风尘仆仆，整个人都晒黑了。

虽然经常打电话，他也嘘寒问暖的，可我妈还是觉得不靠谱，指出了一条明路：结婚，赶紧结婚。

老一辈的套路，想用婚姻绑住一个男人的心，结果往往都不太尽人意。但我还是遵从她老人家的意愿，先探探口风。

李元舟回来以后，依然住在租来的小房子里，即使最有钱的时候也没换过，有时候，我真搞不懂他。

他拉着我的手笑，给我讲路上的见闻。听了一会儿后，我才说："你这样跑来跑去，我妈不放心，觉得我们该结婚了，再说今年一过，我就27了。"

"结婚啊，还早了一点儿吧？"李元舟的表情有点儿苦闷，他说，"我还没什么准备呢。"

每次看他这个样子，我就很生气，我甩开他的手说："你不是没准备，是压根就没想准备，你只爱你自己的生活，从来没想过要对我负责任。"

他头摇得像拨浪鼓，蹙着眉头说："不是啊，我一直在想啊，但爱情为什么一定要用婚姻来证明呢，就像当初用赚钱来证明我们可以有未来一样，很奇怪的好不好？"

我说："不管，要么结，要么分。"

李元舟站起来，盯着我看了一会儿后，又坐下了，他说："我还没准备好要结婚,但也不分。"

我没理他,转身就走了。

两天以后,李元舟来找我。我以为他来跟我道歉,没想到却是来跟我告别,他说要回南京了,家里有些事要处理。

我说:"好,这次走了,以后也不用回来了。"

李元舟盯着我看了很久,神情有些落寞和忧伤,但没说什么,提起一个背包就走了。

我想,这应该就算是分手了吧。

过了两天,突然很想他,我有点儿后悔最后说的话了,想打电话,一摸口袋却发现手机丢了。看来,这应该就是天意吧。

又过了两天,还是很想他,我用公司电话打给他,却一直打不通,连续几天都是如此。

那么好吧,如果结局注定是这样,我该学会平静地去接受。

关小楼请我喝酒,他说:"怎么样,我就说你们不合适吧,他只在乎自己过得开不开心,从来没想过要对谁负责任。不过这样也好,到达终点前,谁还不走一些弯路呢。重新来吧,最好的永远在前方。"

明明是安慰话,可我越听越难过,越难过越生气。

我说:"你很得意是不是,我和他不合适谁合适?"

关小楼说:"我啊,我等这一天等了几年了。"

他没瞎说,不久以后就开始追我,还发动了家庭力量。我妈说:"小楼那孩子好啊,靠谱,他爸妈人也好,是正经人家。我看,你就答应了吧,明年把婚一结,我就能抱外孙了。"

我翻了个白眼,不想理她。

关小楼是不错,从初中时就开始照顾我,可我不爱他啊。

我还是想念李元舟,非常想念。

【8】

冬天来了,时间一晃又是几个月。

关小楼依旧对我紧追不舍,手段用尽,花样繁多,我突然有点儿动摇。他再次跟我表白时,我没拒绝,但也没答应。

我想,我和李元舟应该也就这样了吧,缘尽如此。

于桃来找我,细数了关小楼对我的好,她说:"你不知道小楼有多爱你,当初你和李元舟在一起时他有多伤心,哭了醉了多少场。我劝过他,可他还是选择默默守护你。"

我说:"你喜欢小楼对吧?"

于桃笑了笑,她说:"再有两个月就新年了,我打算回成都……就不再回来了。"

我看着她,她看我,那天我们为了各自的心事,落了一些泪。

于桃是在我和关小楼订婚以后才离开的,送了祝福,却没让我们送她。

她趴在我耳边说:"好好珍惜,好好生活,再见!"

她转身离开时,眼角有泪花。

这世间情爱,你追我赶,终不能两全。

圣诞节那天下雪,我和关小楼去星海广场看烟花,绚烂多姿,整个夜空都被点亮了,在雪花的映衬下,像童话一般。

于是,我又想起来李元舟,不知道他现在是否也在看着烟花腾空绽放。

正抬头望着的时候,一只手抓住了我的手臂,我转身一看,突然就定住了,思维一片空白。

上帝又跟我开了一个玩笑。

关小楼伸手推了李元舟一个趔趄。他说:"我们订婚了,你最好离唐杏儿远点儿,不然别怪我不客气。"

李元舟皱起眉,看着我问:"订婚了?"

我点点头,他扬起嘴角邪恶地笑了笑,突然拉起我的手就跑,呜呀呀地像个小孩子一样乱喊乱叫。

关小楼跟在后面追,我回头喊:"没事的,你先回去吧。"

关小楼不听,李元舟抢过一只灯笼就朝他扔过去,然后拉起我继续往人多的地方跑,不一会儿就淹没在人潮里,甩开了关小楼。

他带我去了海边的游乐场,把我放到旋转木马上。

我推开他说:"闹够了吧,你还回来干什么?"

他说:"娶你啊。我准备好跟你结婚了,你说得对,你应该是我未来的一部分,也是我生命的一部分。"

我说:"你又来骗我,说走就走,以为我还会相信你吗,这么久了一点儿消息也没有。"

他说:"我给你打电话,是空号,发微信、邮件你都不回,我找不到你啊。"

"手机丢了,邮箱密码都忘了,微信绑的手机也无法登录……"我说完觉得有点儿不对劲，我为什么要跟他解释啊。

我说："那你这半年都干什么去了？"

他伸手接住一片雪花说："去美国了。"

果然，我气不打一处来："你永远都是这副德行，说走就走，从来就没在乎过别人的想法，因为没人值得你关心。你就是个自私的人。"

他听我抱怨完才轻声地说："我爸病了，挺不好的病，需要去美国治疗……上个月末走了。"

他说："我们俩吵了很多年，什么事我都是跟他对着干，现在突然走了，我才发现我是想他的。"

李元舟低着头，双手插进口袋里，看上去清瘦了不少。

我说："对不起哦，我不知道发生了这么多事。"

他摇摇头，笑了笑说："这个病折磨他几年了，现在也算是解脱了。他临走之前跟我说，要好好生活，别做让自己老了后悔的事。"

我不插话，安静地听着，实际上也不知道该说些什么。

"他年轻时做了很多对不起我妈的事，所以他说东，我就往西，想想也是很不懂事。"李元舟抬起头，眼睛微微有些红。

我伸手抚去他头发上的雪花。

他说："唐杏儿，我们结婚吧，我想娶你，我不想后悔。"

【9】

关小楼找过来时，我正被李元舟抱在怀里，热烈地亲吻着。

旋转木马在那儿不停地转着圈。我回头时，看见了关小楼离开的背影。

我想，是我伤害到他了。

我把和李元舟的事说给我妈听了，本以为她会发火，没想到她只是惊："他家里真的那么有钱啊，挺好挺好。"

这……还是不是亲妈，一团黑线从我脑门飘过。

她笑了笑说："你喜欢他，他也喜欢你，我还能说什么？小楼他爸妈那儿我去说，大不了赔礼道歉呗。"

言外之意，我妈同意了。

我亲自去和关小楼道歉，他没说什么，只是黯然地笑了笑说："没事，你过得好就好。"

我羞愧地点着头，走的时候跟他说："其实，于桃是个很好的姑娘。"

他说："是，我正准备去成都。"

如果结局是这样，那也挺好，我在心里默默祝他们幸福。

次年开春，李元舟开始带我去看房，我仰着脸问他："你们家真那么有钱啊？"

他得意地说："还好吧，杭州、上海都有分公司。"

"切！"我说，"那你当初还把自己装成穷光蛋，带着我穷游了大半个中国。"

他说:"不是啊,我大学以后就没花过家里钱,你知道我和我爸不对付的。"

我撇撇嘴:"有钱人就是好,送宝马就像送个水果篮一样。"

他从后面环住我的腰说:"以后就都是你的了。"

我笑了笑:"谁稀罕啊。"

一抬头,刚好看见远处的春杏开了花,一朵朵,一簇簇的,在枝头含羞带笑。

李元舟说:"你和那些杏花一样美。"

我说:"当然,哈哈……"

我就是我,颜色不一样的花朵。

何以不忘，只因情深

　　缘深分浅，许多无奈，我们都曾错过一些人，以为此生都不会再有爱的能力，但最终，我们每个人也都选择了属于自己的那条路，在念念不忘中，勇敢前行。

【1】

　　林墨迪失恋后两个月，触景伤情，心绪失控，跑来向我哭诉，寻死觅活。

　　世间情爱，凡此种种，只闻新人笑，不见旧人哭。何况，她与陈言四年的厮守，已言及婚嫁，割舍如割肉，总是要痛上一痛的。

　　我说："你要伤心，就喝上几杯，虽然治标不治本，但至少能让你睡个好觉。"

　　林墨迪倒是听话，往返超市只用了15分钟，便提回了两打啤酒。浇愁浇愁，越浇越愁，三杯五盏下肚后，悲从中来，她拎着包就出了门。拦是拦不住的，她力气比我大，差点儿把我推倒，那没办法，我也只能陪她一起疯。

出租车一路杀到陈言的公司,她嫌电梯下来得慢,硬是爬了八层楼梯,怒气冲冲地闯进了陈言的办公室,二话没说,抄起什么砸什么。

陈言是个有涵养的人,抱着肩膀在一旁看,甚至还和我聊了一下早间新闻,说房价下半年可能会反弹,问我要不要赶紧下手买一套。

林墨迪砸累了,抬起头愤恨地看着他。可是陈言既不气也不恼,弯下腰开始收拾东西。

他温声说:"饮水机旁边的柜子里有纸杯,渴了自己去倒。"

林墨迪眼泪转在眼圈,她这一记重拳打在了棉花上,又弹了回来,伤了自己。

她不甘心,看了看书柜上放着的一座水晶奖杯,那曾是陈言最辉煌的荣耀,它代表了一个男人的奋斗历程。

一个小姑娘冲过来拦住她时,林墨迪愣了好一会儿,扬起巴掌就甩了过去,很清脆的一个耳光。

小姑娘不躲,眼圈微红,但还是不亢不卑地与她对峙。

林墨迪再次抬起手,陈言便横在了中间,把小姑娘抱在怀里,怜爱地搓揉着她的头发,那个动作,亲昵得让人嫉妒。

他终于把目光投向了她,像看陌生人一样,看了好一会儿才说:"林墨迪,你闹够了没有,这事儿与花间没有任何关系,是我不爱你了。"

他话语温和,没有任何感情流露,只是在陈述一个事实。就好像医生在给他的病人下诊断书一样,乏味却也扣人心弦。

是啊，不爱了，就是不爱了，任你柔情似水，任你倾国倾城，我，就是不爱你了。

林墨迪的两行热泪从脸庞滚滚而下。

陈言拉着叫花间的小姑娘的手，朝站在门外的一个花甲老人微微低头说："对不起，董事长，明天我把辞呈递交给您，抱歉，给公司添麻烦了。"

老人惋惜地叹了一口气："谢谢你为公司所做的一切，我会叫财务把奖金给你算上。"

陈言微微躬身，牵着花间的手就出了门，从容，而又坚定。

林墨迪愣在那儿，双眼愤恨地看着陈言和花间的背影。

也许，林林总总最后不能在一起的爱情里，最让人难过的反而不是失去，而是自始至终你也不知道自己是怎么失去的。

【2】

认识林墨迪那年，她还是一个单纯的美少女，有鲜亮的眼神和明媚的笑容。

她叽叽喳喳地跟我说陈言，像膜拜英雄那样，芳心蠢蠢欲动，禁不住让人感叹，年轻真好，爱情真好。

可仅仅是四年多的光景，就让一个人变成了现在的模样，恨意滔滔，想要把全世界都撕碎了般。

她再一次去陈言新公司闹的时候，已经是半个月以后了。

陈言在电话里跟我说："小夏，你来劝劝她吧，我的话她是听不进去的。"

半个小时以后，我赶到时，林墨迪正坐在地上，手里握着一把剪刀，手臂上还有斑斑血迹。

保安围在她身边，想要报警，陈言歉意地说："让我来处理，让我来处理……"

林墨迪不依不饶，甚至有些疯狂，她举着剪刀喊："陈言，你要不甩掉那个小贱人，我就会一直缠着你。"

我走上前夺掉她手里的剪刀，把她从地上拖起来。林墨迪推开我，我一个巴掌甩在了她脸上，拉着她就出了门。

下楼以后，她蹲在一棵树下号啕大哭起来，哽咽着跟我说："对不起，小夏，我控制不了自己……你帮帮我。"

我抱着她，也忍不住掉了几滴眼泪。

情之深，恨之切，我知道她只是不舍得放手，一千多个日夜的耳鬓厮磨，怎么能说忘就忘。她只是表现得更疯狂一些。

拉着她回家以后，我找出药酒和纱布给她包扎手臂上的擦伤。我说："亲爱的，放手吧，重新开始，我陪着你，就当是得了一场重病。"

林墨迪点点头，眼泪噼里啪啦又掉了下来。

你来我往，分分合合，在这座城市里，每天都在上演爱情的剧目。听朋友说，她一个同学只是因为洗衣机里的衣服忘记了晾晒，两个人就草草结束了一段感情。

所以有时候还是很羡慕林墨迪的，可以那么凛冽地爱着一个人，纵然会受些伤，也好过于那些不痛不痒。

【3】

太阳东升西落,时间也从不会为谁停歇,一晃就是两个月。

树叶已经开始泛黄,秋天来了。

林墨迪拉着我去健身,这是她自我治愈的方式,现在,她脸上开始有了一些笑容,但愿她再变回从前那个乐观开朗的女孩子。

那时候她才23岁,大学刚刚毕业,像个刚入人间的小兽一样,对一切事物都充满了好奇心。

遇见陈言是在一个法语培训班里,相对无言,相对有意,前后桌上了十几堂课没有说过话,见面也只是笑一笑。

陈言是个性子温和的人,极有涵养,说话慢条斯理,最主要的是还有一点儿小帅。林墨迪跟我说时,两鬓绯红,羞答答的样子很好看。

我说:"那你去表白啊。"

她摇头,笑得像一颗蜜饯。

很快法语课就要结束了,就在林墨迪觉得无望的时候,陈言主动来招惹她了。

那天上课时,陈言突然接了一个电话,小声地应着,出去时在纸上写了一句给林墨迪:帮我做个笔记,谢谢!

电话讲得有点儿久,课都上完了,陈言还没回来,林墨迪收拾好东西,拿着做得精美的笔记出去找他,发现他还在打电话,踱来踱去的,有点儿焦虑。

林墨迪无聊,远远地坐在花坛上等着,隐隐约约听到陈言在和人争吵。

"嗯,如果这是你最后的决定,那我尊重你……"

"不不,你不用跟我算得那么精细,我什么都不要……"

"好,那我也祝你幸福……"

陈言挂了电话,望了一会儿天空,转过头来看见林墨迪时愣了一下,继而歉意而又生硬地笑了笑说:"不好意思啊,让你等着了。"

林墨迪回了个微笑,跑过去把笔记递给陈言说:"不客气,反正我也没什么事。"

简单聊了几句后,林墨迪就告辞了,刚走出没几步,陈言喊住了她:"那个……同学,我能请你吃点儿东西吗?"

林墨迪转身速度之快,让人惊讶,几乎是不加犹豫地说:"好呀好呀,我很闲的。"

似乎,许许多多的爱情都是从餐桌上开始的,食色男女,从古至今。

那天,林墨迪知道了陈言的故事,他谈了三年的女朋友提出了分手。

陈言说:"公司给了她一个诱人的职位,可能要去上海总部。"

林墨迪神情专注:"那也没什么啊,异地恋又不止你们这一对。"

陈言微微摇头,想了一会儿才说:"其实我应该谢谢她的坦诚,她说她们公司董事长的儿子正在追她……"

"这也太不要脸了吧……"林墨迪拍了一下桌子后,觉得有些不妥,尴尬地看着陈言笑了笑。

陈言洒脱地挑挑眉说:"可能就这么多缘分吧,强求不得。"

就这样,四个月后,林墨迪和陈言在一起了。叵仅仅过了九天,陈言就被公司特派到杭州学习了,这是升职的信号。

走的那天,林墨迪送他,依依不舍,陈言在她眉间亲了一下说:"等我。"

两个人从此就开始了长达一年的异地恋。林墨迪生日那天,陈言悄悄潜回大连,打算给她一个惊喜,下飞机后才知道,原来林墨迪此时正在杭州,也正准备着给他一个惊喜,于是,两个人就这样错开了,在电话里不停地笑。

只是,回忆再美好,也只是曾经,经历得越多,心就会越痛。

【4】

从健身房出来以后,林墨迪悄悄跟我说,她下周有个相亲,问我要不要去把把关。

我竖起拇指,给了她一个爱的鼓励,但愿她能就此走出阴霾。

也许是她和陈言的孽缘未了吧,几天以后,林墨迪去和平广场相亲的时候,发现陈言和花间在那儿开了一家面包烘焙店。

看见陈言和花间在那儿忙里忙外,极为亲密,林墨迪顿时往事翻滚,醋意横生,第二天就找了几个人,说是吃他们家面包吃坏了人,还举报给了工商局和卫生局,甚至还拍了视频,发给了媒体。

陈言的店被查封时,林墨迪就站在旁边,看着他得意地笑了起来。

花间上前与林墨迪理论,被陈言拉到了一边。他盯着林墨迪看了一会儿后,什么也没说,揽着花间的腰,转身就走了。

林墨迪的胜利,仅仅维持了一瞬间。她从来都不明白,最好的报复不是置对方于死地,而是忘记。

这一次的打击,把林墨迪的情绪又拉进了低谷。

四年前他们在一起,一年异地,两个人同甘共苦,一起打拼,终于在这座城市里有了一片小小的天地,双方父母见过面以后,甚至把婚期都定下来了。

可就在分手前一个月,陈言和林墨迪之间有了争执。那天,陈言喝了一点儿酒,把林墨迪按在椅子上说:"其实见完家长以后,我就发现,我对你的感情已经没那么深了,它在渐渐消退。我自己也不知道为什么,就是觉得爱得很吃力,提不起精神,会很累。所以我认真地想了,我必须得告诉你,因为我不想欺骗你。"

林墨迪从椅子上站起来,又坐下去,有点儿不可置信地看着他问:"那你什么意思?我们可是刚刚把婚期定下来的。"

陈言有点儿愧疚地看着林墨迪说:"我知道,正是因为要结婚了,我才认真想了想,是不是准备好了……不如,我们分开一段时间试试吧?"

林墨迪抬手就扇了他一耳光,陈言没躲,他说:"这总好过于结了婚才后悔。"

林墨迪抓起一个靠枕砸在他头上喊:"滚!"

那天之后，陈言就搬出去住了，两个人吵了无数次后，陈言终于提出了分手，家里东西、存款什么也没要，房子也给了林墨迪。

他说："对不起，是真的不爱了，我努力过，可还是不行。"

林墨迪发了疯，什么也听不进去，死缠烂打地不同意分手，直到后来去他公司里闹，发现他和花间在一起时，才猛然觉得，他是真的不爱了。

一念起，万水千山；一念灭，沧海桑田。

爱情的路兜兜转转，四年的缘分，说再见也只是一个转身的距离。

【5】

初看春花红，转眼已成冬。

林墨迪的情绪和天气一样寒冷，还生了一场病，整个人都憔悴下去了。

我陪着她，但不知道怎么劝她。有些心结，还需要自己去解。

陈言的面包店整顿以后，又重新开业了。那天去给林墨迪买水果，回来后发现她出去了，我赶紧锁好门，赶去了陈言的店里。

到那儿时，林墨迪正在和花间吵架，陈言沮丧地看着他们两个，无计可施。

花间的嘴角有些血迹，看来林墨迪下手很重。陈言去抓花间的手，被花间狠狠地甩开了，她流着眼泪说："够了，陈言，到此为止吧！我承认我是喜欢你，她一次一次来闹，害你丢了那么多工作，我也不说什么，可是你居然都不维护我，你没看见她打我吗，而且两次了。"

陈言低声说了句对不起，花间再次甩开他的手说："我是真的受够了，我们还是分手吧，祝你们复合成功。"

林墨迪来了精神，用手指着花间说："哎呀，你个小三抢别人的男人还有理了……"

陈言摔了桌上的水杯，抓起外套转身出了门，林墨迪尾随出去。陈言转身，盯着她看了很久才说："你真叫我后悔。每一次闹，我都忍着，我就想，至少我们还有四年的回忆，是我亏欠你的，可是你却把这仅剩的一点点美好也摧毁了。"

林墨迪站在那儿流眼泪，也不说话。

陈言想了想又说："无论你信不信，我都想告诉你，我是和你分手后才和花间在一起的。我和你，已再无感情可言。"

陈言转身走掉时，林墨迪突然就晕倒了。我冲了上去，陈言也折身回来了。

他抱起她，拦了一辆出租车把她送到了医院，挂上水以后才离开，走之前他让我转告林墨迪："让她照顾好自己，也求她放过我。"

我把陈言的话转告给林墨迪时，她笑了笑说："你知道吗，我现在突然觉得，他和花间挺合适的，是我做得太过分了。"

我拿了条毛巾敷在她额头上，擦掉了她眼角的泪水。

这一次，我相信她是真的释怀了。

【6】

大连下第一场雪时,我和林墨迪去逛街。出租车等红灯时,我们在路边看见了一个熟悉的身影。

陈言怀里抱着一沓传单,跟在一个中年男子身后讲解着什么,男子看了看,走到街拐角时,把传单扔进了垃圾桶里。

林墨迪初遇陈言时,他失恋,把所有东西留给了前任。陈言和林墨迪说分手时,也只是带走了随身物品,房产证也过到了林墨迪名下。他和花间分手时,留给了她一个面包店。

我说:"他在创业,日子过得艰难,你要不要下去打个招呼?"

林墨迪摇摇头说:"不了,不打扰他了,看着他现在这个样子,我心里很痛,然而这一切,都是我造成的。"

车子缓缓启动,把那个消瘦的身影越甩越远,再也不见,也不再见。

一个月以后,林墨迪把房子卖掉了,钱全部转到了陈言的卡上。

林墨迪走之前跟我说:"有机会替我跟他说声对不起,这辈子爱过他,也曾被他爱过,是一件很幸运的事。"

我问:"真的不见最后一面吗?"

林墨迪笑了笑说:"不见了,这样挺好。"

"那你要去哪里呢?"

"先四处走走吧,然后回抚顺老家,可能的话……可能的话,就把自己嫁掉。"

她抱了抱我说:"小夏,我会想你的。"

我说我也是,然后她就走了,没有回头,因为我知道,此时她一定哭得很难看。

这一场爱恨五年的恩怨情仇,就以这样的方式落幕剧终。

我也曾以为,林墨迪那样揪着陈言不放,不但是傻,而且很过分。

可是现在突然觉得,她只是舍不得放手而已。

因为情深,所以不忍忘记。

缘深分浅,许多无奈。我们都曾错过一些人,以为此生都不会再有爱的能力,但最终,我们每个人也都选择了属于自己的那条路,在念念不忘中,勇敢前行。

傻姑娘,你爱得太善良会受很多伤

伤害你最深的人,往往也是你最好的救赎。

这个世界就是这样,你要向它讨一点儿柔情,总是会付出些代价的,但最终,我们都会遇到那个对的人,然后相互陪伴,终老一生。

我们唯一能做的,就是原谅以及忘记,然后祝福自己。

【1】

严格来说,林小楚算不得是一个漂亮姑娘,至少在这个"锥子脸"称王的世道里,算不得是。

认识她的人,也都是过后想起来才说:"啊,你说小楚啊,也还是蛮好看的呀。"

通常,一个不漂亮的姑娘,人们就会夸她有气质,若这一点也不符合,那就会委婉地说她很善良。

所以，林小楚是个善良的姑娘，白净的小圆脸有点儿婴儿肥，笑起来有两个小酒窝，看上去很美味儿。

当然，就算不漂亮的姑娘，也是有人爱的。

大三时，一个叫许默的男生对她深情地唱：

> 关于爱我用心的学
>
> 总想给你最真最美……
>
> 不在乎爱你是谁
>
> 我无从拒绝
>
> 迷失在下雪边界……

那一夜真的是大雪纷飞，许默在女生宿舍楼下玩了命地唱情歌，青春呀、爱情呀，真的真的，那一刻我被感动得稀里哗啦，觉得林小楚就是他的全世界。

整个校区的同学都被惊动了，很多人齐声喊："在一起、在一起……"

林小楚紧张地看着我："怎么办，怎么办？快给我出出主意。"

"捧过他的鲜花，接受他的礼赞，温柔地把手伸给他，然后闭上眼睛等他的亲吻。"我说，"加油，我挺你。"

林小楚白了我一眼："小说看多了吧。"

"目测许默倒也是个不错的人，要不你就从了吧，不行的话，我去给你传话。"

林小楚受到启发，往外推着我说："快去，快去，告诉他不要再闹了，这么多人看着呢。"

我被推搡着出了门，许默一看有人出来，就更加卖力地唱了。我趴在护栏上说："我们家小楚说了，你要是能坚持半个月，她就答应你的追求。"

许默放下吉他，冲我做了个OK的手势，然后大声地喊着林小楚的名字，一遍又一遍。

十月的夜晚那么冷，雪都要被他喊化了。

【2】

似乎有人说过，年轻就是要疯狂一点儿。

某种程度上，我希望小楚可以和许默在一起，至少，他的勇气让人钦佩，如果再有一点儿执着，那么，就值得去爱了。

所以我告诉许默，让他坚持半个月，算是考验。

林小楚红着脸说："你怎么这么讨厌，谁说要答应他了？"

我给了她一个我们都懂的笑容，于是，她的脸就更红了。

那天以后，许默剑走偏锋，开始贿赂我，各种零食，各种唱片。于是，我毫无愧疚地就出卖了我的好闺蜜林小楚，把她的喜好一股脑地全都告诉给他了。

就这样，在我的撮合下，半个月以后，林小楚答应了许默的追求。

他们在一起那天，请我吃了一顿大餐，我对许默说："对小楚好点儿，不然老娘不会放过你的。"

许默频频点头，像捡到宝一样，看得我羡慕嫉妒恨。

时间一晃一年多，转眼大学就要毕业了，林小楚开始烦恼起来，她说："怎么办啊，我妈让我考研。"

爱情终于撞到了现实，许默打算去北京追梦，如果林小楚读研，两个人就要分开，开始长达几年的异地恋。

纠结了一段时间以后，林小楚咬了咬牙说："嫁鸡随鸡嫁狗随狗，不管了。"

看着她勇敢的样子，我真羡慕。

走的那天我去送他们，林小楚在车站跟我拥抱，她说："我们都要幸福，狠狠的幸福。"

我白了她一眼："赶紧滚，少来秀恩爱了。"

林小楚甜美地笑了笑，挽着许默的手，蹦蹦跶跶地走了。

我在后面喊："许默，对小楚好点儿，不然老娘不会放过你。"

爱情，果真是一个神奇的东西，坚时如钢，柔时似水。

与其说我羡慕他们的甜蜜，不如说我羡慕他们的坚定，一个敢追，一个敢随。

很多时候，我们都缺乏这样的意志。

【3】

北京，一个让无数人着迷的地方，多少梦想在这里升起，多少梦想又在这里破灭。

在这座城里,梦想不是稀罕物,俯拾即是,连天桥底下卖唱的,都说自己是为音乐而生。

十几平方米的地下室,一张古香古色的木床,再添点儿锅碗瓢盆,两个人就有了一个小小的家。

清贫,但很温馨,林小楚甚至还养了几盆花。

许默去酒吧驻唱,一头扎进音乐里。未来什么样,谁也看不清,自己负责努力,结果交给上帝。

林小楚找了一家公司上班,薪水还不错,只是有点儿累,时常要加班,但一切都是甜美的。因为,有个叫希望的东西始终在前方闪烁。

许默笑着跟她说:"你信吗,将来我们会过上很好的生活。"

林小楚笑得灿烂,深信不疑。

她给我打电话时说:"哪怕没有很好的生活,只要两个人在一起开开心心的,就足够了。"

所以,她不给许默压力,尽可能地减轻他的负担,洗衣做饭,提前演绎了小媳妇的角色。

因为许默驻唱夜场,经常都是凌晨才回来,林小楚就每天给他准备宵夜,等他回来吃,早晨七点半再准时出门赶地铁。

许默说:"不必那么辛苦啊,外面吃一口就好了。"

林小楚摇头:"我喜欢。"

爱上一个人,是会心甘情愿为他付出一些东西的。

在其他人看来,或许这难以理解,她自己舍不得吃、舍不得穿,身上最贵的首饰不过是几百块的一副耳钉,却能花一两千块钱为他买上一双鞋子。

可林小楚自己觉得开心,也很满足。

所以,你不能拿出一个标准去说她傻,她的爱只是比你想象的更执着一些。

【4】

一年以后,许默开始组建自己的乐队,买乐器,租场地,为此花掉了全部积蓄,暂时没有了收入。生活重担落到了林小楚一个人身上,于是,她又去做了兼职,每天要工作十几个小时。

许默觉得愧疚,环着她的腰说:"亲爱的,委屈你了。"

林小楚甜甜一笑:"你说过的呀,以后我们会过上很好的生活,现在吃一点儿苦又算什么。"

尽管如此,三个月以后,许默的乐队还是解散了,因为没有钱,又接不到大的演出。

现实,总是会给梦想狠狠一击,让坚持变得尤为可笑。

和许许多多不得志的北漂一样,许默开始灰心,怀疑自己,迷茫的时候就去买醉。

林小楚心疼他,悄悄给自己的大姨打电话,借来了两万块钱。

那天下了雨,已经是凌晨两点多了,许默还没有回来。林小楚有点儿不放心,就去酒吧找他,刚一进门,就看见他怀里躺着一个女人,一脸媚笑地在和他交杯醉饮,卿卿我我。

林小楚愣在那儿,心里像是塞满了棉絮,堵得难受。

性格温和的姑娘不爱发脾气,所以她只是走到他面前,轻声地说了句:"走,跟我回家。"

风很大,她扔了伞,许默跟在后面,轻声地说了句"对不起",林小楚的眼泪噼里啪啦地掉了下来,和雨水一同落在了地上。

她想起三年前,他表白时唱《下雪边界》时的情景,那样深情,那样热烈,突然觉得心里某个地方塌了一块,没有轰然巨响,只是一阵呜咽。

第二天,林小楚病倒,高烧三十九度,她无比想家。

许默认错态度倒是良好,细心妥帖地照顾着她,林小楚的心又软了下来。她跟我说:"不然又能怎样呢。"

于是两天以后,她还是原谅了他,忍和残忍,是爱情里最难的选择题。

林小楚把两万块钱交到他手上时,许默落了泪。

他说:"我会努力的,请相信我,将来我们会过上很好的生活。"

【5】

爱情的最初,就像一张白纸,描上花便是花,画上云便是云,需要小心存放,妥帖保管。如果有折痕,便会是伤痕,再难恢复。

日子又回归了正常,林小楚努力地告诉自己,记得他的好,忘记他的错,可每每想起来,心里还是很难过。

时间过得飞快,转眼就到了年底。许默的乐队再次宣布散伙,其中一个伙伴放弃了,换了另一条路,还有一个去了美国。

林小楚安慰他:"梦想的路上总是有荆棘,坚持下去,不要放弃。"

许默摇摇头:"累了,打算四处走走,也许路上会有更好的风景。"

林小楚愣了好久才说:"那好,我陪着你。"

次年开春,小桃红开的时候,许默带着林小楚离开了北京,浪迹天涯,做一个流浪艺人。

他们先去四川,再到云南,一路颠沛,有时候更是风餐露宿。

林小楚也问自己,为了什么,值得吗?

想想仍旧没有答案,因为爱,所以情愿。

从云南再到上海,从湖南到河北,最后到了大连,几乎是大半个中国的版图,历经了整整八个月。

所幸,许默在网上传的视频突然火了,隐隐约约看到了一点儿希望。

有公司说要打造许默的时候,林小楚哭了。那天她和许默喝了酒,跑去海边坐了很久。

【6】

几天以后,两个人又去了北京,许默开始忙了起来,经常会有一些演出,据说还要录唱片。

林小楚高兴,疯狂地在网上给他刷点击,刷好评,希望得到更多人的关注。

有一天下班比较早,林小楚一时兴起,决定去许默唱歌的地方看看,还买了他爱吃的章鱼小丸子。

许默有点儿吃惊地看着她问:"你怎么来了?"

"路过,就来看看你。"林小楚笑着,把丸子递给他时,一个中年丽人走了过来,暧昧地看着许默问:"她是谁?"

许默迟疑了一下说:"大学同学。"

林小楚张开的嘴没能闭上,却也没发出任何声音。

回去的路上,她努力地想哭一会儿,却发现挤不出眼泪。

有人说,如果疼到极致,便会麻木,不会有什么感觉,她现在大概就是这样。

当天晚上,林小楚和许默吵了恋爱以来最厉害的一架,还摔了东西。

许默说:"你怎么就不明白呢,公司说对外要宣称单身,保持神秘感。"

林小楚呆呆地看着他,没再发表任何意见。

不久以后,北京下了第一场雪,许默带林小楚去吃火锅,要了几瓶啤酒。

他一边喝一边跟她说着往事,把从相识到现在的经历整整回忆了一遍,吃过的苦、受过的罪历历在目,最后两个人都哭了。

从饭店出来的时候,许默从包里掏出了两捆钱递给了林小楚。他说:"对不起,我也是身不由己,我们就到此为止吧。"

林小楚一时没反应过来,许默又重复了一遍:"公司说,单身会比较好发展,你知道的,这可能是我最后的机会了。"

林小楚盯着许默看了很久,然后把钱摔在了他的脸上,头也不回地走了。

她留给他的最后一句话是:"爱上你我真是瞎了眼。"

【7】

林小楚跟我说:"为了最后那句话,我后悔了很久,像个标准的弃妇。"

"那你应该感谢他,至少教会了你成长。"

"可不是。"林小楚笑得很酸涩。

许默提出分手以后,林小楚收拾好东西,当晚就离开了北京。那个地方多待一秒,她都会觉得悲哀。

一路走过了那么多风风雨雨,原来只是一场空欢喜。

新年很快就来了,又长了一岁。我问林小楚:"有什么打算?"

林小楚想了想说:"还能有什么打算,找工作努力赚钱呗,爱情和面包,总得有一样吧。"

就这样到了五月份,林小楚伤疗得差不多时,许默突然从北京来找她了,希望能复合,重新开始。这个剧情……似乎在哪里见过。

林小楚跟我说时,一脸的嫌弃,她说:"已经被演烂了的剧情,还哪里见过?我只是觉得好笑又可悲,拿我当露天电影院了吗?说来就来,说走就走。"

我说:"对,丢到垃圾桶的东西,不要再捡回来,已经脏了。"

林小楚说:"你说得真好,那就这么办了。"

于是,她拒绝了许默的要求,没有爱,也没有恨,她跟他说:"我依然很感谢你,陪我走过了那么一段快乐的时光,我不打算忘记,因为它会提醒我,下一次,不要爱得太傻了。"

五年的感情,就这样彻底地宣告结束。

爱情的燃烧是短暂的,我们都靠灰烬活着。

但死灰终究不能复燃。

【8】

后来才知道,原来许默的关注度突然下降了,公司决定不再签他,于是,他又回到了最初的起点。

遗憾的是,陪他奔跑的人,已经走散了。

林小楚说:"想想还是很难过的,毕竟,人生没有几个五年。"

我说:"想开点儿,都会过去的,下次别爱得太善良,会受很多伤。"

林小楚笑了笑说:"已经好多了,就当是一场旅行,无论走多远,最终都还是要回来的。"

于是,我也笑了笑。

伤害你最深的人,往往也是你最好的救赎。

这个世界就是这样,你要向它讨一点儿柔情,总是会付出些代价的,但最终,我们都会遇到那个对的人,然后相互陪伴,终老一生。

我们唯一能做的,就是原谅以及忘记,然后祝福自己。

你若盛开,清风自来

我们都曾爱过那样一个人,也曾被那样一个人深爱过,两个人交换了历史,承诺了未来,期待可以在城市的某个角落里,有一个温馨的小窝,枕着他的臂弯入睡,或在她的亲吻中醒来。

无论外面的世界多么纷扰,只要有他(她)陪在自己身边,就会觉得心安、踏实,再苦再难,也都值得。

【1】

郑漫在唐子默抱怨柜子里的衣服都是隔年陈、两年旧的时候,从后面环住她的腰说:"亲爱的,再忍忍,将来我们就有好日子过了。"

于是唐子默弯起眉毛,笑得甜美而又知足。

有未来可期的爱情,是会让人有幸福感的。所以,每一次郑漫这样说时,她都深信不疑,还在电话里跟我打哈哈:"国家不是在倡导节能减排吗,漫天的汽车尾气,你看都雾霾成什么样了,绿色出行也挺好呀……"

我也只好配合着说:"是啊,是啊,而且现在停车好难哦。"

唐子默是我同学,有着良好的家世和教养,性格温和,有些老派的守旧,恪守爱情的至死不渝。

大学毕业以后,她不顾家人反对,随着郑漫去了同一个城市,梦想着天荒地老的爱情童话。

时间如惊鸿照影,转眼就是四年,年龄风风火火地追了上来,资本渐渐不再。于是,唐子默按照正常女人的思路,开始谋求安定,渴望婚姻。

也就是这个时候,唐子默和郑漫开始有了争执。她想嫁,他还没准备娶。

很多爱情,都遭遇过这样的尴尬。

【2】

若是不仔细分析,郑漫倒是个不错的男人,除了吸烟以外,并无其他不良嗜好,还有一份收入不错的工作。

唯一不足的是,心比天高,命比纸薄,眼看奔三的人了,还总是脑子一热,想哪出是哪出。前年年末的时候,学人去炒股票,赔得一塌糊涂;后来又去搞手机app开发,砸了十几万后血本无归。

郑漫借酒浇愁时,唐子默还在宽慰他:"连沃尔沃那样的公司都破产了,我们还有什么好抱怨的,草黄了逢春又绿,没关系,这十几万总能让我们学到点儿什么。"

郑漫精神大振,他说:"你说得太对了,我不该这么沮丧,现在电商发展得这么好,不如把你手里的钱先拿出来给我,我再去拼一把。"

唐子默摇头:"那10万块钱是留着咱们结婚用的,不能给你。"

郑漫灌了一口酒后,摔门而去。

后来,唐子默心疼他,还是把那10万给了郑漫。这次稍稍好点儿,五马倒六羊地只赔了一万多,他如实告诉了唐子默,并保证以后再也不乱搞了,踏实工作,好好赚钱。

唐子默听了甚是欣慰,给了他一个温暖的拥抱。

只是几天以后,唐子默去看存折时,足足少了五万。她去问郑漫,他连头都没回,只是随口应了句:"啊,你说那钱啊,妈说打算装修房子,刚好缺五万块钱,我就给汇过去了。"

那天唐子默骂了人生中第一句脏话:"我×××是上辈子欠你的吗?"

【3】

唐子默收拾东西,搬我这儿住了两天,又被郑漫的鲜花和道歉给哄了回去。

无论怎样,日子还是要过的,她跟我说:"反正钱也没给外人,郑漫是独子,他妈妈花了跟我们花了也没大区别。"

她这样说,我也只好笑笑。

去年夏天的时候，郑漫的妈妈来小住，唐子默忙前忙后端茶倒水，像个懂事的小媳妇一样。

郑漫妈是北方人，吃不惯南方菜的甜和淡，她就变着样地做什么排骨炖豆角、锅包肉啥的，可不是盐多就是醋少，于是郑漫妈就大话小话地掂掇着，一会儿说"人都吃不好，金鱼每天倒是喂得精细"，一会儿又念叨郑漫工作那么辛苦，看看现在瘦多少了。

总之，就是各种挑毛病，刁得很。

有一天，唐子默下班回来，看见客厅沙发上放了一堆自己的衣服，正纳闷的时候，郑漫妈阴阳怪气地说："我们那个时候，也就过年买件新衣服穿，看看现在的年轻人，真是不知道过日子，我看你那儿有两件衣服连标牌还没撕掉，你说你不穿买来干啥啊，郑漫挣点儿钱多不容易啊？"

唐子默委屈地看着郑漫，郑漫却什么也没说就进了卧室，她跟进去问："你妈翻我衣柜？"

郑漫没说话，唐子默又重复一遍："你妈她翻我衣柜，你没看见吗？"

郑漫不耐烦地说："好了好了，她一把年纪了，你懂点儿事行不行，再说，她住不了几天也就走了。"

唐子默咬着嘴唇，眼泪在眼圈里直打转。

【4】

一个月后，郑漫妈终于走了，唐子默在咖啡厅里跟我边哭边说:"你知道吗,我妈压根就不同意我们在一起,为此吵了很多架。可当他妈数落我时,我特别想家。"

唐子默吸了吸鼻子继续说:"我都快一年没回家了,上次走的时候我发过誓,一定要过得好好的再回去,给家里人看看我当初的选择是对的。"

这么多年的感情,耳鬓厮磨出来的爱,我知道唐子默也就是倒倒苦水,日子该怎么过还得怎么过。

后来有一天,我路过菜市场时,看见唐子默跟一卖白菜的大妈因为几毛钱讨价还价时,忍不住竟红了眼圈。

曾经,她是那样一个单纯优雅的女孩子,现在俨然成了一个家庭主妇。是什么改变了她,爱情吗?

可爱情不是应该让人越变越光鲜吗?

后来同学张帅听说了这件事以后,气愤得不得了,当即就打电话约了唐子默,挥舞着思想大棒对她猛敲。

张帅说:"唐子默,那儿有镜子,你去照照自己,你才26啊,竟然有鱼尾纹了,皮肤糙得都拉手,这衣服还是去年的款式吧,你一双高跟鞋都没有吗?"

张帅说:"我是个美妆造型师,但同时我也是个男人,没人会喜欢你现在这个样子。相信我是专业的,你美起来,绝对不比那个演武昭仪的谁谁谁差……来,剩下的时间交给我吧。"

两个小时以后,张帅说:"我们俩的意见可能有失偏颇,这样吧,给你50块钱,你去对面超市随便买点儿什么东西回来。"

唐子默出去转了一圈,收到的效果是,遇到一个男人主动搭讪，两个吹了口哨，还有一个差点儿撞到电线杆子上。

张帅说："记住一句话，女人若不爱自己，便不会有人去爱你。"

【5】

那天以后，唐子默听了张帅的建议，生活开始有了改变。偶尔和同事泡泡温泉，或者拿一本风尚杂志在咖啡厅坐个把小时，关注一下兰蔻是不是又出了新的底霜，打电话跟瑜伽教练预约时间碰面。

郑漫惊讶于眼前人的变化，更惊讶于近三个月来的开销，他几乎是拍着桌子说："唐子默，你要折腾到什么时候，我们就不能好好过过寻常日子吗？看看你现在，化妆品摆了一桌，衣服挂了一柜，你需要四双高跟鞋吗？"

唐子默调皮地笑了笑："需要啊，因为我有四条不同颜色的裙子。"

郑漫站起来盯着唐子默看了很久，过了几秒又坐回去说："你跟那个造型师什么关系？"

"什么意思，你怀疑我？"唐子默盯着他问，"我就这么不值得你信任？"

郑漫避重就轻："我不是不信你，我是不信他。你自己说，你们最近在一起的时间有多少？"

"然后你就觉得我们俩不正常了，是吗？"

"问问自己的良心。"郑漫扔下这句后,转身就回了卧室。

从那天以后,唐子默和郑漫就争吵不断,最后终于因为一张美容卡而彻底爆发。郑漫说:"你一张卡六千八,那几乎是我一个月的工资。"

唐子默更正了一下说:"是两年,还送了两张500的话费充值卡,有一张已经充到你手机里了。"

"三年那也是六千八,我们将来是要过日子的,你想过吗?"

唐子默有点儿委屈:"我用的是我自己的钱。"

郑漫放声大笑:"好,你的,你开始跟我分你的我的了,你要是不想结婚就早点儿说,我们各奔前程,别耽误了彼此。"

唐子默从桌上抓起一本杂志照着郑漫的头就扔了过去:"两年前我就嚷嚷着跟你结婚,你说再拼几年,趁年轻。我说好,我陪你一起奋斗,我洗衣做饭操持家务,到现在你都不知道煤气费该去哪里交。五年了,你去过一次菜市场吗,哪怕是陪我去过一次也好。可我不计较,我愿意做这些,想想以后的日子我就觉得什么都是值的。现在呢,你来问我想不想结婚?"

郑漫说:"我是没赚来什么大钱,可我每天也在努力奋斗着,为我们的将来,为我们的孩子,你看看你现在,穿得花枝招展,是嫌弃我穷了,要去招蜂引蝶吗?"

郑漫痛心地说:"唐子默,你变了。"

唐子默气得发抖:"姓郑的,你说这话一点儿良心都没有,我20岁就跟你谈恋爱,毕业后不顾家里人反对,跟你在一起,我不要你许我什么未来,我只想安安稳稳地跟你过一辈子。可是,你太让我失望,太让我伤心了。"

"失望就分手吧,好合好散。"郑漫说,"按照你现在消费水准,我也养不起你了,去找一个能养得起你的吧。"

唐子默一边掉着眼泪,一边收拾东西。临出门时,郑漫又拉住她认错。唐子默黯然地笑了笑,甩开了他的手,再没回头。

【6】

我们都曾爱过那样一个人,也曾被那样一个人深爱过,两个人交换了历史,承诺了未来,期待可以在城市的某个角落里,有一个温馨的小窝,枕着他的臂弯入睡,或在她的亲吻中醒来。

无论外面的世界多么纷扰,只要有他(她)陪在自己身边,就会觉得心安、踏实,再苦再难,也都值得。

可相守并没那么容易,爱情就像是一粒种子,需要两个人共同去灌溉、滋养,才能生根发芽,茁壮成长。

分手以后,唐子默换了风格,在新公司混得风生水起,很快就有了追求者。

她请我去参加她们公司周年盛典时,惊艳全场,一袭紫色的晚礼服,高贵而又骄傲。

女人,终归是要对自己好一点儿,把美丽当成一项事业。

你若不爱自己,谁还会爱你呢?

活出自己的姿态,你若盛开,清风自来。

可能，再也遇不到对我这么好的人了

我不明白人们谈起前任时，为何总是说"还可以做朋友啊"，难道这是一份生意，爱情不在仁义在？

所谓的风轻云淡，大抵也是没有真正爱过，只是为了凑到一起，混一个人世繁华的结局。

【1】

高小迪是个极会讲故事的人，每一次我都会伏在他身边，不停地问："那然后呢？"

他说："妙德女十五岁时遇见了出巡的释迦牟尼王子，便对他讲：'我要成为你的妻。'王子摇头，妙德女不解，一再追问：'是因为我长得丑吗？是因为我出身贫贱吗？'最后王子说：'都不是，我终是要远行求道，离你而去的，到时你一定会很悲伤。'妙德女态度很坚决，她说：'若他日你要离开，我绝不哭泣。'于是，他们两个就结了婚。"

我仰着脸问："那然后呢？"

高小迪想了想说:"然后啊,然后王子有一天就离开了呀,去远行悟道,最终成了佛。"

我说:"对哦,释迦牟尼就是佛祖。"

他笑了笑,看着我的眼睛问:"小夏,你看啊,佛说舍得舍得,有舍才有得,如果有一天我也必须要离开,你应该也不会悲伤哭泣吧?"

我傻乎乎地点点头,然后高小迪就走了。

他的话总是哲思洋溢,连分手都说得这么引经据典。所以,我冥思苦想了很久,却发现仍旧无可辩驳。

可能是因为他说得太好了,要么就是我的反射弧比较长,伤痛是一个月后才骤然发作的。

徐洋来陪我喝酒疗伤,作为七年的好友,他一向尽职尽责,毫无怨言地履行这样的义务。大二的时候我失恋,他哭得可比我伤心多了,最后,我还得去安慰他。

我说:"徐洋你能不能说两句,我现在心里可是很难过?"

徐洋伸手抓抓头,咧着嘴笑了起来,他说:"要不我给你讲个笑话吧,挺好笑的。"

我刚要去拦他,他的笑话就讲完了。

他说:"绿豆跟男朋友分手后很伤心,一直哭一直哭,最后就发芽了。"

徐洋坐在那儿笑得很夸张,没办法,看个喜羊羊灰太狼都能把自己笑趴的人,你还能指望他讲出什么经典笑话吗?

要是高小迪在就好了,他那么会讲故事,总是能吸引住我,让我忍不住去问:"然后呢,那然后呢……"

想到这儿我就很难过,难过我就想哭。

徐洋慌了手脚,他说:"顾小夏,你别哭啊,要不我再讲一个。"

他坐在那儿不停地讲,我眼泪不停地掉,这哪里是治愈系,分明就是催泪剂。

我说:"徐洋你怎么这么笨,一个笑话都讲不好,连高小迪一半都不如。"

徐洋终于闭了嘴,表情忧伤地看着我。

后来我就喝多了。

第二天醒来时,我发现地板被擦得明亮晃眼;碗筷刷得干干净净;厨房的水龙头坏了三个多月,现在已经修好了;衣柜的拉手缺了一边,如今,也有了新的。

我想我可能有点儿过分了,他应该会很伤心吧。

【2】

多年以前,看玛格丽特·米切尔的《飘》,没觉得怎样,好看而已,后来再看电影《乱世佳人》时,很想哭天抢地号啕一场。这世上究竟有多少斯嘉丽,爱上一个需要女人保护的男人,而忽略一个真正爱自己的男人?

我想,我也是其中一个。年轻时,是那样的骄傲,对唾手可得的东西从来不屑一顾。

我在电话里给徐洋道歉，希望他不要跟我计较。

他笑嘻嘻地说："就为这个啊，那你赶紧挂电话吧，我都要忙死了。"

我笑了笑，开始收拾东西，把和高小迪有关的一切，打包成箱，永久封存。

是时候和过去做个告别了。

初遇高小迪那年，我大学刚毕业，处在失恋后痛不欲生的巅峰期。男友竟然为了一份看上去收入不错的工作，就毅然决然地提出了分手，去了异地，可见现实的凉薄。

高小迪陪在我身边，他说："甜食会让人有幸福感，我去给你买提拉米苏吧。"

走到门口时，他又回头问："小夏，巴黎贝甜和元祖的，你吃哪家？"

我说："巴黎贝甜，元祖做得不好吃。"

十几分钟后，高小迪回来，还带了杯焦糖玛奇朵，他坐在旁边看着我把蛋糕吃完，然后问我："甜品是治愈系，我也经常这样处理自己的忧伤，你现在好点儿了吗？"

我点头："好多了，谢谢你，蛋糕很好吃。"

高小迪递给我几张纸巾说："你刚吃的提拉米苏不是巴黎贝甜，也不是元祖的，只是街角一家小烘焙店的。"

我疑惑地看着他，高小迪说："所以你看，同样是蛋糕，其实你很难分辨它们的好坏，很多时候只是个习惯，甚至只是因为名字好听。那么人也是一样啊，哪有什么是唯一的、不可替代的。"

他这个说法真是新颖,我竟然有一点儿信服,顿时有豁然开朗之感。

高小迪给了我一个暖暖的笑容,他说:"耶稣被钉在十字架那天,是最糟糕的一天,但是三天后又神奇复活了。所以,没有什么是不能过去的,向前看吧,人生会很精彩。"

他的话总是那样的富有哲理,让我深信不移,所以没过多久,我就答应了他的追求。

在一起以后,高小迪一直对我很好。他是个有理想的人,希望能成为一名解构主义建筑大师,把作品带给全世界。虽然我不了解,可仍旧莫名地崇拜他。

我不知道完美的男人是什么样的,但是高小迪满足我对男人的一切幻想:情商高,智商高,要脸有脸,要身材有身材,风趣幽默,学识广博,和随便一个什么人都能在三分钟之内成为朋友。

他有一千种方法能让我瞬间开心起来。所以,三年里,我们几乎没有吵过架。

在他身边会有种舒适的感觉,如沐春风,让人贪恋。

如果非要找一个缺点出来,我想应该是太自由随性,不喜欢被规则束缚,可有哪一个搞艺术的不是天性不羁呢?

有时候我会想,他那么优秀,怎么就看上我了呢。我去问他:"我值得你这么来爱吗?"

他揉揉我的头发说:"其实你应该知道,爱就是不问值不值得。"

我笑了笑,内心甜蜜无比。

但似乎有人说过，爱要旗鼓相当，你方唱罢我登场，如果某一方一直处于弱势，那么久而久之，另一个人就会索然无味，失去兴趣。

我想，高小迪的离开，应该就是这样吧。

【3】

徐洋给我打电话时，我刚收拾好高小迪的"遗物"。他说："我开车去接你，晚上公司有个联欢会，你来凑凑热闹，多走动走动对身体好。"

他和高小迪是完全相反的两个人，说得很少，做得很多，用现在的话说，比较靠谱。

尤其他还有一张喜感的脸，总是笑呵呵的，莫名地让人亲近。

他们公司的人不少，我没事也是经常去，所以很多人都认识我，频频跟我敬酒，还开玩笑喊我嫂子。

徐洋就在旁边竖起拇指说："表现不错，下个月加奖金了。"

或许，所有人都知道他喜欢我，只有我一个在装糊涂，想想这些，我亏欠他太多。

他又倒了杯酒给我，眉毛弯出一个弧度，轻声地问："怎么样，好些了吗？"

我点点头，他就笑了起来。

该怎么来说徐洋这个人呢，大智若愚吧，为人随和，憨厚朴实。

在大学里，他是唱歌时，负责点歌那个人；聚会时，负责添茶水的那个人；出行时，负责拎包买饭的那个人。他从来不抱怨什么，遇到任何不公平，都只是一笑而过。

后来我才明白，他努力地笑，不是为了取悦谁，而是一种对生活的态度。这恰恰是很多人缺乏的优秀品质。我们都太习惯抱怨了，习惯了把问题推给这个世界。

大学毕业以后，当所有人四处投简历时，他却干起了快递，每天骑着电动车东奔西跑。当我们还在为成为公司骨干精英努力时，他手下已经有了十几个员工了。在我们病恹恹地喊结不起婚时，他已经有房有车了，而且是我们靠工资绝对买不起的那种。

就是这样一个甘当配角、绿叶的人，最后却让我们所有人仰望。

或许女人都有一个通病，不放弃自己喜欢的，也不丢掉一个喜欢自己的。

每一次难过的时候，都是他陪在我身边，给我端茶倒水，对我细心呵护。他也是唯一一个可以让我毫无道理任性、发脾气，又不会担心失去的人。

大三的时候，他试过跟我表白一次，可是他的脸红得太早，还没张口就被我看穿了。

我打断他说："我看上了一个男生，打篮球的，很帅。"

他愣了一下，换成笑脸说："挺好挺好。"

他也并非不会难过，只是，我从来不会记得而已，至少他转身时，是咬着嘴唇，握紧拳头的。

我想，他一定是在骂自己，别傻了，做朋友挺好。

这些，我都懂得，只是，那时的我，爱得太匆忙，来不及看身边的风景。

联欢散了以后，他送我，喝酒不能开车，我们走路。

夜色温柔，我说："说点儿什么吧，讲个笑话也好。"

他摇摇头："不讲了，会很难听。"

我说："没关系，如果我喜欢听呢？"

他想了想说："如果我告诉你，我喜欢你，这算不算是一个笑话？"

我摇摇头说："换一个吧，我笑点高。"

他笑了笑，伸手拦住一辆出租车，把我送走了。不是我不能接受他，只是想起高小迪，心里还是会痛上一痛。

【4】

似乎有人说过，爱情就是犯贱，如今看来，极其正确。

三个月以后，高小迪去而复返，他说："顾小夏，我发现无论走到哪里，第一个想到的还是你，我们重新来过吧。"

我欣喜异常，但经验和理智告诉我，不能这样。我说："让我考虑考虑，是赦你无罪，还是打入冷宫。"

我给徐洋打电话，征求他的意见。他没说什么，只是一个小时后就给我送来了一大捧鲜花。

我惊讶地看着他："你这是要干吗？"

徐洋表情很严肃，他说："竞争啊，情敌来袭，不能再无动于衷了。"

他说："小夏，做我女朋友吧，我是认真的。"

他那张脸那样有喜感，就算绷得很紧，也让我想要发笑。我说："徐洋，能不闹吗？你这表白来得太突然了，我完全没心理准备。"

徐洋说："我没闹啊，已经酝酿很久了，看你心情一直不是很好，也就没说，现在他又回来了，再不说就没机会了。我得让你知道，在这个世界上，还有比他对你更好的人，能给你更多的幸福。"

他这样一说，我倒不知该怎么应对了。徐洋想了想，叹了一句："直觉告诉我，你还是会毫不犹豫地回到高小迪身边。因为我懂你，所以我也不会为难你，你按着自己的心走吧。只是，我不会放弃的。"

他说得没错，我是会毫不犹豫地回到高小迪身边，关于他的魔咒我还没有解开。

我说："徐洋，对不起，我知道你能给我幸福，但是我不甘心，我想再试试。"

一周以后，我和高小迪重修旧好，上演爱情的续集。我努力地去改正以前的缺点，迎合他的喜好，尽量做到棋逢对手；遇到观点差异时，跟他争争讲讲，抒发自己的情怀。

于是，两个月以后，高小迪跟我说："顾小夏，这不是你啊，一个人怎么可以变化这么快！你知道我现在什么感觉吗，毛骨悚然。"

我说："你放屁，我这不都是为了你。"

高小迪说："你看你看，你还说脏话，你以前从来不发脾气的。"

我说："你怎么这么难伺候，你还想让我怎么样？"

高小迪很是惊讶地看着我说："一般来说抱怨便是积怨的开始，我可不想几年的感情最后变成你撕我咬，那比失去你还难过。不如，趁还有美好记忆的时候，好聚好散吧。"

事实证明，我和高小迪根本就不在一个段位上，他那样聪明多思，我怎会是他的对手。

高小迪说要走，毫不犹豫。他说："对不起，我还是更爱当初的你。"

我骂了一句"滚"，就把他扫地出门了，分手的借口那么多，这次他选了最low的一个。

徐洋来陪我喝酒，但奇怪的是，这一次我连哭的心情都没有了。

哀莫大于心死，还是心不死？我不知道，我努力酝酿悲伤的情绪，突然发现有点儿无聊。

徐洋说："你很不对劲啊，不哭不闹的，要不我给你讲个笑话吧。"

我说："你赶紧闭嘴，你的笑话远没有你这张脸有喜感。"

"哦？"他笑了笑说："看来我是治愈系的，我也经常对着镜子跟自己说，无论多差，总会有一个人爱我，无论我多好，也总会有个人不爱我。"

他说:"顾小夏,我们在一起吧。"

【5】

我不明白人们谈起前任时,为何总是说"还可以做朋友啊",难道这是一份生意,爱情不在仁义在?

所谓的风轻云淡,大抵也是没有真正爱过,只是为了凑到一起,混一个人世繁华的结局。

在这个人心浮躁的年代里,有多少爱称得上是凛冽真诚、无惧无畏,似乎我们都快忘了,还有什么情丝难断。

三天以后,我在微信上回复徐洋,我说:"这样不划算,要是跟你在一起,我就失去了最好的一个朋友。"

徐洋回了个笑脸说:"我会坚持的。"

果然,一个月以后他又卷土重来,排场弄得很大,用短信把我骗到海边,烟花、玫瑰、蜡烛准备齐全,甚至还有两个吉他手。

气氛浪漫感人。

他说:"顾小夏,我今年27岁了,应该到了一个不会草率做决定的年纪了,我们一起走过了七年,彼此足够了解。都说陪伴是最长情的告白,可我觉得,生活在这样一个世界里,只有陪伴是不够的,所以一毕业我就努力地去赚钱,只是你一直在别人的故事里爱恨纠葛,我不想去打扰你,替你做任何决断。但是现在,我不想再一次次错过了,也不知道这是不是最好的时机,但是为了这一天,我做了充足的准备。"

他单膝跪地,举着一枚钻戒说:"顾小夏,你愿意嫁给我吗?"

我犹豫了很久,终究没能伸出手。

我低着头,没敢看他的眼睛。我说:"徐洋,说真的,我从不怀疑你会对我很好,我只是担心自己最终也爱不上你。我们一起走过了那么漫长的一段岁月,经历了那么多时光,这个风险太大,我不敢也不能去尝试,你明白吗?"

徐洋说:"我知道,感情是不能勉强的,可是……"

"没有可是。"我说,"徐洋你明不明白,如果能爱上你,我又何苦等七年呢。"

"噢。"徐洋站起来,自言自语地说,"也是,终究我不是你要等的那个人。"

他转身离开时,脸上有泪水。

那天以后,徐洋没有再来纠缠我。时间过得飞快,一晃就过去了半年,他给我送来请帖,请我去喝喜酒。

我说:"这速度,太虐人了吧。"

他说:"遇到一个好姑娘不容易,所以下手要快。"

我说:"好吧,除了祝福也只有祝福了。"

他婚礼那天,我早早就过去了。新娘还真是一个漂亮的好姑娘,体貌端庄,温文尔雅。

我看了,竟然有一丝丝嫉妒。

婚礼办得很热闹,排场也不小,毕竟,他现在是有钱人了。

大学的同学开我玩笑:"徐洋那时候那么喜欢你,你怎么就给放走了呢,简直是暴殄天物啊。"

我黯然地笑了笑,无言以对。

人有时候就是犯贱,有人投怀送抱时,看都不看一眼;一旦被宣布他永远不会再属于你了,心里却情丝缕缕,难以割舍。

新郎新娘交换戒指时,我突然鼻子一酸,赶紧跑进洗手间。

我努力地去想高小迪的好,却发现很多事都想不起来了,这让我很难过。更难过的是,脑子里全是那张喜感的脸。

我对着镜子笑了笑,可能,以后再也遇不到对我这么好的人了吧!

所有的美好都会如期而至

鲜衣怒马的青春,情丝缠绕的回忆,有多少事已经忘记,可我们却从未停止前行。

因为我们都相信,所有的美好都会如期而至。

【1】

早晨出门时,丢了钥匙,这是不顺畅的一天。

陈六一是个解决麻烦的能手,所以我在办公室里给他打电话时,他信誓旦旦,保证完成任务。

生活中总有一个人愿意扮演你的救星,锦上添花,也雪中送炭,但你也仅仅是在遇到问题时才会想起他。

对我来说,陈六一就是这样一个存在。

对,你猜得没错,他喜欢我。

临近中午时,陈六一把新配好的钥匙给我送来,还买了一大碗酸辣粉,同事们再一次投来羡慕嫉妒恨的目光。他们一致认为,遇到这样好的男人就嫁了吧。

是,陈六一对我的好,什么竹都难书,我办公桌的柜子里堆满了他送来的东西,大到颈椎按摩器,小到创口贴,连公司的老总都在感叹,我怎么就招不到这么勤快又细心的员工呢!

他对我热情洋溢的同事们,展露出一个灿烂、感激的笑容,然后从包里掏出一个同城快递给我,说:"门卫大爷那儿发现的,就给你捎过来了。"

陈六一再一次用贱笑讨好我的同事们后,才恋恋不舍地离开。

正午的阳光很足,昏昏欲睡。我拆开快递后,顿时就清醒过来,里面是江北树寄过来的分手清单。

在此之前,我从未发现他是如此细心的一个人,几张A4纸上,列满了这两年来,我送给他和他送给我的所有礼物,甚至包括了哪一次的水电费是谁交的。

为了这个,花掉9块9的邮资,有点儿浪费,我猜江北树无非也就是想表达,我们互不相欠,从此大路朝天各走一边而已,何必呢。

我把清单扔进碎纸机里,开始吃陈六一买来的酸辣粉,真奇怪,今天这个粉怎么这么酸、这么辣,呛得我眼泪直流。

【2】

我失恋的消息不胫而走,关以沫和乔安约我在夜色酒吧碰头,刚一见面关以沫就揶揄了我一句:"看来佛说得没错,因果循环,报应不爽。"

虽然这话难听，但我表示赞同。

乔安也凑过来说："分了也挺好啊，这样陈六一就可以成功上位了。他要知道这个消息，应该会很激动吧。"

我白了一眼乔安："少来添乱，我分不分手跟他有毛线关系。"

乔安无奈地摇摇头："我就不明白了，陈六一对你那么好，你怎么就死抱着江北树这棵枯树不放呢？"

关以沫往酒杯里加了两块冰块说："犯贱。"

旁边的男服务员愣了一下，关以沫摆摆手说："没说你，再去拿点儿柠檬来。"

关以沫说："知道什么是犯贱吗？就是当一个人同时对两个异性有好感时，他更爱谁取决于谁更不爱自己。越是容易得到的东西，就越廉价，就像驯马一样，性子越烈的，越让人想要驾驭，那种成就感远比高潮来得持久。可悲的是，这世上有多少痴情，最终不都是纷纷从马背掉下来摔个稀巴烂。"

26岁的现代女性关以沫，讲起话来言简意赅，哲思洋溢，道理多得让人咂舌。她说："顾小夏，你最好放聪明点儿，别再对那个江北树再抱什么幻想了，想用鲜血粘住敌人的刺刀，那不是悍勇，是傻×。"

乔安在旁边附和："是呀是呀，现在的男人可比女人更难取悦，稍一个不顺遂，转身就走，毫不犹豫。"

果然，三个女人一台戏。我说："你俩是来安慰我的，还是来戳我伤口？交友不慎，遇人不淑，人生最悲凉的两件事都让我摊上了。"

乔安耸耸肩,我把手搭上去说:"江北树前脚说分手,后脚就勾搭上了一个,那个小狐狸精你们也认识的。"

乔安好奇地盯着我看,我说:"就是向我兜售保险的业务员李春花。"

关以沫重重地放下了酒杯,她说:"是那个小蹄子啊,我记得,一脸的狐媚相。不过你也别难过了,难道小时候阿姨没告诉过你,要把玩具捐赠给比自己更不幸的人吗?"

在恋爱这门学科上,关以沫简直是个大师,让人尴尬的是,不久后她却爱上了一个婚姻不幸却又无法抛弃发妻的男人,就此沉沦。

所以你瞧,这世间情爱怎么一个理字说得清楚。

就像江北树解释他的出轨一样,听上去也并无道理,只是,他还是走了。

他说:"请原谅,我是个双子座、AB型血的男人,我的世界纠结繁复,如果不离开你试一试,我永远也不知道自己有多爱你。"

他的态度如此诚恳,我都不忍心苛责。张爱玲写给胡兰成说:因为懂得,所以慈悲。

可我没有菩提博大的胸怀啊,更不想立地成佛,所以只好回头是岸。

【3】

陈六一听说我和江北树分手以后,殷勤得不像话,早餐送到公司,晚上接我下班,连保洁阿姨都劝我:"小夏啊,遇到个对自己这么好的男人不容易。"

乔安更是如此,掰着我的耳朵说:"你还犹豫什么呢,如果有人对我这么好,倒贴我也愿意。"

我赏了她一个大白眼:"要贴你贴,本姑娘没那么缺。"

乔安眨巴眨巴眼,迅速把嘴巴闭上。

不是我想对她发火,所有人都认为我该和陈六一在一起,可我就是爱不上他啊,那怎么办?

总不能说谁对谁好,谁就要以身相许吧。我从七岁就开始喜欢吴彦祖,各种脑残粉他,他当爹那天,我可是哭了好大一场呢。

再说了,好歹我和江北树也在一起两年多了,在青春的尾巴上,他曾那样地让我欢愉,牵着我的手跟我说:"顾小夏,我就是喜欢你蛮不讲理的样子。"

是啊,他娇我惯我宠我,曾让我的人生那样的鲜亮,让我爱上自己的性别,使我光芒万丈,我怎么可能说忘就忘。

我迷他恋他,有何不妥。

就连陈六一自己也说过:"你们两个可真般配。"

那时候江北树也刚开始追我,流浪画家陈六一来大连写生,在海边偷偷给我画了一幅画,当时关以沫和乔安也在场。

陈六一的偷窥被发现时,笑得很坦荡,他说:"我是个画家啊，画家的眼睛不就是发现美和记录美的吗？"

乔安不屑地补充："以及破坏美。"

关以沫是个撩男高手，也极少失手，她蹲下来盯着他的脸看，高耸的胸脯在他眼前晃呀晃的，引人入胜。

她问："很美是不是，想摸吗？"

陈六一喉咙蠕动着，关以沫则抢过他的画板说："画家的职业道德只是取决于模特愿不愿意跟他上床，不过看你有点儿小帅，姑且原谅你了。怎么样，请我们去喝一杯？"

遇上这样一个小妖精，陈六一哪是她的对手，很快败下阵来，给我们道了歉，又请我们去开怀畅饮。

我看了他为我画的画，凭我仅有的艺术认知来说，画得的确不错。

夜色阑珊，觥筹交错，这顿酒喝得有点儿曲折，先是去酒吧，饿了又去吃湘菜，最后跑到KTV。

关以沫悄悄地眨眼睛，我知道她是想宰他一顿。我笑了笑，觉得有点儿于心不忍。而乔安更是，吃完饭以后就说："差不多得了，吃也吃了，喝也喝了，还唱什么歌。"

她是个心地善良的女孩子，可陈六一却不领情，晃悠着身子说："不够不够，多少佳景负流年，每一次相遇都来之不易，不尽兴怎么可以。"

我在心里默默地骂了一句"傻×"，要知道关以沫是什么人，在大学是出了名的，多少花花公子拜倒在她的石榴裙下，差点儿被玩残。

可有些人就是这样，周瑜打黄盖，贱得要命。

在KTV里，乔安问陈六一："你这一路走了十七八个城市，靠什么活着啊，富二代？"

陈六一笑得得意，他说："见过这么有艺术天分的富二代吗？穷瓜瓜一个，靠什么活着？女人。"

这句话从他嘴里说出来，倒也不奇怪，哪个搞艺术的不是风流不羁。

关以沫听了这话后，来了兴致，不停地用媚眼勾搭他，可是他似乎兴趣并不大，反而越坐越靠近我。

乔安也看出了苗头，瞟了他一眼说："你最好离小夏远点儿，她已经结婚四年了。"

陈六一虚构出一副惊讶的表情，希望在我这里得到确认。我笑了笑说："是啊，结婚四年了，所以你是不是该把贴在我腰上的手拿开呢？"

他尴尬地笑了笑，又觉得不对："你也就才大学刚毕业，怎么可能结婚四年了呢？"

我没再继续这个问题，因为那一刻我想到了江北树，非常非常地想，我必须给他打个电话。

于是，我去了洗手间，在电话里告诉江北树："我想好了，我们在一起吧。"

江北树在电话的另一端雀跃，像个得到了糖果的小孩子一样。于是，我们的恋情从那一晚开始了。

我再回到包厢时，乔安她们已经把我的底细出卖了。陈六一有些自满地说:"就说你不可能结婚四年了,原来也是个单身。"

我摇摇头:"不,五分钟前脱单成功了,祝贺我吧。"

乔安不可思议地看着我:"你答应了江北树的追求?"

关以沫点了一支烟说:"别说我没提醒你,江北树是个情场老手,你还嫩。"

我撇撇嘴:"与卿们何干?'菇凉'累了,要回宫歇息了。"

凌晨一点,人群作鸟兽散。陈六一背着画板,摇着手喊:"下一站我要去呼伦贝尔了,很高兴认识你们,记得我叫陈六一,六一那天生的。"

他步履轻盈地消失在夜幕里,让人忍不住感叹,年轻和梦想真好。

【4】

江北树来见我最后一面,取回一件原本属于他后来又送给我的东西。

他说:"这个镯子是我妈妈留给我唯一的东西,你留着也是徒增厌恶,不如让它继续发挥自身的价值。"

对,当初他送给我时就是这么说的,他说他妈妈希望这只镯子将来能戴在儿媳妇的手上。

我看着江北树,一字一顿地说:"你真叫我恶心。"

江北树笑了笑:"所以啊,我们分开是对的。"

把他扫地出门以后,我给关以沫打电话,约她在"夜色"

见面。

我说:"我真后悔,最后对他说了那样一句话,像个标准的弃妇。"

关以沫皱眉:"难道不是吗?"

好吧,我就知道从她这儿讨不到一点儿温暖,幸好我也不是来求安慰的。

她说:"新欢是忘记旧爱最好的良药,你期待伤口在时间里自愈,那要经历很多个辗转难眠的夜晚,不如你就应了陈六一,感情也是可以后天培养的。"

我不想理她,也不想再理这个世界,猛灌了几杯酒后,跳到舞池中去,随音乐摇摆,随镁光灯浮华。

一个帅哥过来勾搭我,邀我跳了一支舞。他舞技很棒,照顾着我的节奏,间歇甜言蜜语。

我心想,什么狗屁爱情,还不如片刻的欢愉。

曲尽,他再次邀我共杯,我没拒绝。关以沫远远地露出了赞许的神情,竖起了大拇指。

他说他叫方进,某某集团未来的接班人。我信,有钱人看得出来,同样,感情失意的人也看得出来,如是我。

他举着酒杯说:"来,我敬你,维以不永伤。"

我笑了笑,与他推杯换盏,凌晨一点时,他约我上床,当然,没说得那么粗鄙,只是跟我描述了他们家那个会按摩的浴缸。

我拒绝时,他并没有表现得很失望,还开车把我送回了家,所以我想,他应该也不是个坏人。

并且，在爱情的世界里，单纯地做个良人也是没前途的，譬如陈六一。

他从大连离开，去了呼伦贝尔大草原，辗转又流浪了四个月后，再次回到这里。

他很坦率："总有一个地方是最值得留恋的，这座城市埋下了我的绮思狂想。"

我说："也只是空想而已。"

"那又何妨，时光未老，我愿意等。"他笑着，带着风尘烟火的味道。

他不表白，所以我也无须拒绝。于是，他就在这座城市里安顿下来了，守着一份若有若无的思念。

回望过去，我觉得亏欠他，但是，我不能爱他。

徐志摩说他信命，我也信，我信前生来世，缘分天定。

不是你的，再挣扎也是徒劳。

【5】

自以为有机会了的陈六一，开始对我展开疯狂的追求。

他和江北树不一样，江北树会说甜言蜜语："我就是喜欢你蛮不讲理的样子啊！"

陈六一不，更多时候是脚踏实地地做，他跟我说："小夏，画画没什么前途，我要去认真找工作了，等你答应我时，我好能养得起你。"

所以，他买了一辆电动车，开始送快递了，从早忙到晚。路过我公司时，会买点儿什么吃的给我送上来，再匆匆跑下去，晚上有空闲了，再来接我下班。

我说："你别这样，我会觉得亏欠你太多的。"

他笑了笑，拍了拍车后座说："走着，我新学了怎么做蛋挞，一会儿露一手给你。"

到家门口时，我发现方进等在那儿，手里抱着一大捧鲜花，旁边是一辆价值百万的跑车。他说："有家泰国菜馆不错，一起去尝尝。"似乎注意到了陈六一，又冲陈六一笑了笑，"朋友啊？一起啊。"

陈六一尴尬地摇摇头，我说："六一，你先回去吧。"

他点点头，跨上电动车，骑得像火箭一样快，逃离了。

看着他的背影，突然觉得他好瘦，我猜，他现在一定很难过。

因为，我也很难过。

不可遏制地，我又想起了江北树，他也曾待我像个公主一样，怕我冷怕我热。

有一次我半夜发烧，打电话给他，他冒着大雨赶来，背着我冲到了医院。看着他紧张的样子，我觉得病得再严重都是值得的。

可是，我们就这样走散了。

分手前的几个月，我们开始吵架，几乎没有一件事能达成一致。他不再对我嘘寒问暖，不再记得我的生日，为了分手，甚至不惜故意让我看到他和那个推销保险的小狐狸精的聊天记录。

他那么急切地想要离开我，我又怎么忍心不成全他。

人心如此凉薄,我还能再去相信谁,还能怎么去相信爱?

【6】

乔安跟我说关以沫爱上了一个有妇之夫时,我真真是被吓到了。

我说:"这怎么可能,她那么骄傲,视世间所有男人为玩物。"

乔安红着脸说:"是真的,我昨天去她家时,撞见了。"

我说:"没事,也许她只是贪玩,用不了几天就腻了。"

"但愿吧。"乔安叹了一句后问我,"听说你正在和一个富二代谈恋爱,不是真的吧?"

我白了她一眼:"消息倒真快。"

乔安默默地说了一句:"作死,陈六一哪点不好。"

这句话我已经听得腻烦了,没有什么力气再去解释。

一天后,陈六一也来跟我说:"小夏,能不犯傻吗?他给不了你想要的幸福。"

我说:"别大惊小怪,我压根就没想过要从他那儿获得幸福。"

然后陈六一就更加奇怪地看着我,目色里流淌过一缕悲伤。

他说:"我知道你和那个方进不是认真的……可我是认真的。小夏,我爱你,我们在一起吧。"

我摇摇头:"别把时间浪费在我身上了,我不值得你这样。"

我不再搭理他,转身就走。我该怎么告诉他,我忘不了江北树,忘不了。

想起来我就很难过。

就算那个推销保险的李春花再俗艳不可耐,可我还是嫉妒她,江北树宁可和这样一个女人在一起,也不要我了。

关以沫说得没错,我就是犯贱。

方进开车来接我时,陈六一还没有离开,他站在街角远远地看着我,表情是那样的忧伤。

车子错过他时,我低下头,不敢与他对视,隐隐约约地,心里某一处有点儿疼痛。

可是,伤害他的那个人,明明就是我呀。

我和方进吃饭时,李春花给我发来了一条短信:我和北树要订婚了,邀请你来参加。

"贱人,小贱人。"这是赤裸裸的挑衅。

方进莫名其妙,看着我问:"怎么了,动那么大气?"

我摇摇头,拎起包说:"谢谢你的晚餐,以后别再来找我了,我们不是一个世界的人。"

我出了门,眼泪止不住地流了下来。

【7】

我给关以沫打电话,她说:"好,我也正有事要跟你说,出来喝一杯吧。"

半个小时以后,我们聚在"夜色"酒吧。还未走近,我就感受到了她的浩瀚哀愁。看来，她比我更需要安慰。

关以沫说："乔安那个快嘴巴一定是跟你说了的。"

我点点头，关以沫凄然地笑了笑，眼圈泛红。

我问她："现在是什么情况？"

关以沫说："其实我要得不多，也不奢望那个正房的位置，我只想经常能陪在他身边，每天见一见就好。可是，这也不能。"

我说："我懂得不多，但是有一点我非常清楚，如果他不肯离婚，你只能把自己耗死。"

关以沫低着头："我何尝又不知道呢？我站在他家楼下，一站就是一整晚，他家灯亮几次，他去几次厕所，我都知道。可是，我不敢上去敲门，连个电话都不敢打。"

如此骄傲的关以沫，也有落泪的时候。这不禁让我想起大学时一起走过的漫长岁月，我们曾那样年轻，那样嚣张，有无数个男生送过我们口哨，我们也收到过无数封情书。而今，我们却都已沦落尘世，要看男人的脸色了。

世事时移，果然人生难测。关以沫那样聪明的人，遇见伊人，也身陷爱情囹圄，无法自拔。

多情总被无情恼。

从酒吧出来时，天空不知什么时候下起了大雪，原来，已经是冬天了。

不久以后，江北树订婚了。那天，我一个人跑到海边坐了很久，冷风嗖嗖，他追我时，就是在这里跟我表白的，说了海枯石烂，许了天荒地老。

如今看来，真是讽刺。

陈六一从远处跑来，嘴里呵着白气，他说："你傻啊，这么冷的天出来也不围个围巾。"

"你怎么来了？"我问。

他把围巾给我围好："听说那个方进不再来找你了，我就说他不靠谱，一个纨绔子弟……"

我怔怔地看着他："这和你有什么关系吗？"

陈六一笑了笑说："当然有啦，良机啊，你看光棍节马上就来了，我们凑合一下吧。"

"陈六一，你怎么就不明白呢，有些人爱不上，就是爱不上，打死了也爱不上。"

我指着地冲他喊："两年前，有个人在这里跟我说天长地久，说不离不弃，可今天他却跟另一个女人订婚了，这世上哪×××还有什么爱情。"

我的歇斯底里吓到他了，他简单地嗯了一声说："那你早点儿回去，晚上冷。"

看着他离去的背影，我再也控制不住自己，放声痛哭起来。

我爱的人不爱我，爱我的人我不爱。

爱情的路上，你追我赶，真的有天造地设的良缘吗？

【8】

几天以后光棍节，关以沫打电话约我和乔安出来喝酒，精神状态看上去还是很不错的。

喝得晕晕飘飘以后,关以沫说:"这可能是最后一次跟你俩喝酒了,前几天姑妈给我介绍了个朋友,挺好的,我准备跟他去西班牙。结婚的时候,拍视频给你们看啊!"

我和乔安对望了一眼,没说什么,继续陪她喝酒。

那天晚上,我们都喝多了,在大街上横冲直撞,咿咿呀呀唱着没有曲调的歌。

后来,我们抱在一起痛哭,为青春,为过往,为相爱而不能得的人。

分开之前,关以沫抱着我,趴在我耳边说:"乔安喜欢陈六一,从见第一眼时就喜欢上了。"

我何尝不知,这也是我一直狠心拒绝陈六一的原因。

乔安是个美丽善良的女孩子,安分守己,不与人争,不与人抢,也从不表达自己,如果她能和陈六一在一起,是我喜欢的结果。

几天以后,关以沫走了,没让我们去送她,她说:"妆花了还得补,挺麻烦的。"

我和乔安也只好笑笑,天涯萍踪,聚散无常,只愿她在遥远的大洋彼岸可以过得开心。

时间如惊鸿照影,转眼就到年底,陈六一说他要离开时,乔安关切地问了一句:"你要去哪里?"

陈六一耸耸肩:"上海、成都,还没想好。"

"噢……"乔安低下头,长发盖住了脸,"那还回来吗?"

陈六一摇摇头。

我说:"好,那祝你一路平安。"

他夸张地笑了笑,目色流转,故作豁达。

陈六一走了,背起画板,我借口忙,于是乔安去送他。

我猜,也许她会和他表白。

回到家里时,收到了一份快递,里面装了一把钥匙。

陈六一留信说:"怕你再丢,我就多配了一把,以后你可不要再粗心大意了,还有……我准备了一份新年礼物给你,放在客厅里了,希望你喜欢……那,再见吧!"

我打开门,看见一幅画摆在客厅的正中央,那是他第一次见我时偷偷画下来的。我闭上眼,仿佛又听见了涛声阵阵,夏日暮晚的风缓缓吹起,他笑着说:"画家的眼睛不就是发现美和记录美的吗……"

"不够不够,多少佳景负流年,每一次相遇都来之不易,不尽兴怎么可以。"我还依稀记得,他说完这句话时,我默默地骂了一句"傻×"。

往事如烟涌起,一幕一幕,原来,我们曾一起经历了那么多。

我抓起背包,发了疯似的冲向机场。

【9】

飞往上海的航班,已经飘在了天上,钻入云端。

乔安看着我,泪眼婆娑。

她说:"你该和他一起的,他那么爱你。"

"你呢?"我说。

乔安摇摇头,吸了吸鼻子说:"你们要是能在一起,我会很开心。"

我过去抱了抱她,忍不住也哭了起来。她突然推开我,掏出手机说:"晚上有航班,我给你订票。"

我点点头,她就抹了一把眼泪,开心地笑了起来。

乔安陪着我,一直到晚上,安检时她冲我握了握拳头说:"加油!"

我点点头,经过安检门,进了候机室,过了一会儿,我又走了回来,看见她蹲在一个角落里,用纸巾擦着眼睛。

我们会遇见很多人,也会错过很多人,但最终,我们都会找到自己的选择和归属。

飞机已经进入了平流层,我打开阅读灯,翻看我和关以沫、乔安在大学时的照片。

鲜衣怒马的青春,情丝缠绕的回忆,有多少事已经忘记,可我们却从未停止前行。

因为我们都相信,所有的美好都会如期而至。

第五章

那些沉重而又温暖的爱

他们的爱情,让时光都哭了

他们结婚那天,谁也没请,就两个人坐在家里,你一杯我一杯地喝着酒,他看着她笑,她也笑;她看着他哭,他也落了眼泪。

岁月赋予了生命过于沉重的悲伤,每一次回忆,都是对内心的洗练。庆幸的是,那样难熬的日子,他们也都熬了过来。

【1】

杨秀琴出嫁那天,碎了一面同心镜,不祥之兆。

院里候着一辆马车,车上散乱零碎的稻草上,铺了一床大红月季的绿缎面棉被,车上沿放着一个搪瓷脸盆,里面装有一把梳子、一瓶头油和一罐雪花膏。

新郎叫陈建设,一个在六七十年代的中国象征着时代主题的名字。此时,他正被几个后生小孩堵在门口,抖瑟着从口袋里掏出几张毛票。

杨秀琴盘腿端坐在炕上,白色的"的确良"衬衫外面套了一件米黄色的针织圆领毛衣,她把衬衫的领子掏到外面,觉得不妥,又掖了回去,仍旧不满意。

那好吧,索性就不去管它。

陈建设的贿赂得手,此时,他又站到了杨秀琴面前,炉火被木瓣子烧得正旺,寒气已然不在,可是他的抖瑟却更加厉害了。

吉时已到,500响的"大地红"和"二踢脚"噼里啪啦放了起来。

杨秀琴穿上大红棉袄。在老媒婆的敦促下,陈建设抱起了她,弯腰时他的鼻息扑在了她的脸上,火辣火热的。

她蜷在他怀里,麻花大辫在空气中悠荡、悠荡,如同少女的春心般,一漾、一漾。

杨秀琴突然想了起来,是该落几滴"离娘泪"的,可是,她用了很大的力气还是没能哭出来,幸好一旁的舅舅在她腿上狠狠掐了一把,然后眼泪噼里啪啦就掉了下来,再也没能止住。

30斤小黄米,半拉猪后丘,一桶烧锅里刚打来的60度高粱原浆,以及100块钱礼金,就换走了一个17岁少女的一生。

嫁也难,不嫁更难,下面还有两个弟弟,日子不好过。

喇叭匠们卖力地吹着"小二黑结婚",车夫长鞭一甩,清亮的一个回响,"驾……呦呵……"

那天早晨,一段媒妁之言的婚姻桎梏,在一个小姑娘身上,微缩出当代农民近半个世纪的贫苦剪影。

那些年的中国,不易;那些年的中国农民,更不易。

炊烟在熹微的晨光里扶摇直上,先入云里,再散九霄。一个女人的命运和那缕青烟一样缥缈。

【2】

大昌子倚在大门旁的柳树上,塌着肩膀,两只手互插在破皮袄的袖筒里,畏畏缩缩的样子像个刚失了手的偷鸡贼。

见马车远远驶来,他伸长脖子冲院子里喊:"来咯,来咯。"

黑压压的人群涌了出来,二爷拿烟袋锅在大昌子的棉帽上敲了一下说:"还愣着干啥,快放双响子啊。"

鞭炮齐鸣,锣鼓喧天,亲里亲家的好一顿唠扯,陈建设才把她的娇妻背到了洞房里。

如果,那还算是个房子的话。

酒席并不丰盛,却也摆了十几桌。杨秀琴依长幼顺序,挨桌敬了酒。最后,二爷喊了一嗓子:"大昌子,长兄为父,你也过来跟弟媳妇喝上一杯。"

大昌子木讷地放下手中劈木头的板斧,往上提了提松垮的棉裤裆,走了过来。

秀琴给他倒满了一杯酒说:"谢谢大哥,辛苦了。"

大昌子抬起头,目光却再离不开眼前这张如花似玉的脸。六弟陈建业在后面蹬了他一脚,大昌子猛灌了一口酒后,红着一张脸又奔向他的斧头。

一下,又一下,圆木头就被劈成了两半。

宾客发出一阵哄笑，是对一个35岁光棍的打趣。无关紧要，没人会太在意这些。

月上柳梢，人群散去。

这一晚的月色温柔，是上天送给陈建设和杨秀琴的新婚贺礼，现在，他们是夫妻了。他26岁，她17岁。

陈家老太生了六个，最后也只剩下他们哥仨，老大陈建昌、老四陈建设和老六陈建业。

土坯堆起的茅草房三间半，半间侧房原本只是个放杂货的小仓库，只有两米宽窄的地方。陈老太太对老大说："老四要娶媳妇，你拾掇拾掇住那儿吧。"

老大憨傻地点点头，行李一卷就住了进去。

老人为大，住东厢，中间对称了两口灶台，西厢便是新房了。屋子里空荡荡的，墙壁和棚顶都是旧报纸糊的，唯一的家具是两口松木箱子，虽然陈旧，但上面的朱漆描金图案却极为精致，是地道手艺人的活计。

但此时，窗玻璃上的大红喜字和摇曳的烛火，掩盖了这一切寒酸。

洞房花烛，人生喜事。

还是秀琴先开了口："那个，我给你倒热水洗脚吧，累了一天。"

坐在炕尾的陈建设连忙摇头："我自己来，我自己来……"

"不，你坐那儿，我来，你累，我不累。"秀琴欢快地去拿暖壶，陈建设过去拦她，抓上了她的手，再也没能拿开。

人类最原始的欲望在那一刻倾泻如潮,他把她抱到炕上,粗鲁地扒掉她身上的衣物,一具白花花的肉体摆在眼前,晃得他眼睛生疼。

大昌子用棉被蒙住头,可还是不行,一个声音在他心里像猛兽一样呼唤着,他翻过来覆过去,一缕幽暗的烛光从隔壁射了进来,他猛地直起身子,凑了过去。

当然,他什么也看不见,他的弟媳此时已经把蜡烛吹灭了。

杨秀琴娇喘着说:"疼,轻点儿,慢慢来……"

大昌子倚在墙壁上,脑子里浮现出一张如花似玉的脸,然后把手伸进了裤裆里。

此刻,他不是大哥,不是任何人,他只是一个被欲望之火烧着了的雄性。

无关乎道德伦理,与什么都无关。

【3】

天刚蒙蒙亮,陈老太就敲起了鸡食盆子,咣——咣。

秀琴慢慢拿开搭在自己乳房上的一只手,却被陈建设一把搂住,抱在怀里。

秀琴在他脸上亲了一下说:"娘起来了,我去做饭。"

陈建设依旧不舍,秀琴却已经把衣服穿好。他笑了笑,挺直了腰板舒展了一下,发出得意而又满足的哼哼声。

陈老太借口找点儿什么东西,去到秀琴的屋里,翻腾了一会儿，最后在一条褥单上看到了斑斑血迹，满意地笑了笑。

吃过早饭，洗好碗筷，太阳才露出第一缕朝霞。秀琴问："爹、娘，今天有没啥活计要做，我想跟建设去林场瞅瞅。"

陈老太刚要开口，被陈老爹一眼瞪了回去："去吧，没啥活计，跟老四上山去看看。"

陈老太嘟囔了一句，就去喂猪了，不是很开心，于是就骂起了老大："怎么生了你这么个窝囊废，没用的东西。"

大昌子提了提裤裆，抱起铡刀去铡干草喂马了。

老六建业出门时欢快地喊了一嗓子："四哥四嫂，我去乡里上班啦，祝你们新婚快乐啊。"

秀琴脸红了一下，这个小叔子比自己还要大上一岁，是家里最有学问的一个，读完了高中，考上大学没钱念，就在乡里做了一个代课老师，听说正在处对象。

往山上走，雪壳子越来越厚，陈建设问秀琴："怎么，累了吗，我背你？"

秀琴娇嗔地拍了他一下说："都怪你，昨晚那么用力。"然后她一蹿，就跳上了他的后背。

陈建设唱着红歌，一溜烟跑了起来。

"顺山倒咯……呦呵……"一棵粗壮的老山榆就倒了下去。

秀琴坐在枯木段上，远远地看着他挥舞着油锯，翻飞着斧头，脸上飞起一片红晕。

新婚燕尔，甜如蜜饯。

陈建设个子不高，却很壮实，在林场里，也是最能干的一个。

平时话不多，人缘极好，和谁都能处得来。如果不是因为家里穷，孩子应该都会打酱油了。

秀琴跑过去，掏出手绢给他擦了擦汗，陈建设四处张望了一下，把她抱在怀里，啃了一会，手伸进了她的衣服里。

清贫的日子，有清贫的幸福，那个时代的人，快乐如此的简单，忧伤更加的纯粹。

秀琴推开陈建设说："好了，大白天的，我得回去了，晚了娘该不乐意了。"

陈建设送了她一段，还去山把头那儿要了一块狍子肉给她带了回去，直到看不见人影才转身。

秀琴进家门时，公婆都不在，只有大昌子坐在窗户下编着鸡窝。她甩着麻花大辫说："大哥，忙着呢啊。"

大昌子抬起头，在喉咙里嗯了一声，又迅速地把头低下，佝偻着腰像只大虾一样。

秀琴放好肉，搬来个板凳坐到了大昌子的对面说："俺也会编这个，帮你打个下手吧。"

大昌子憨实地笑了笑，面颊绯红，接过秀琴递过来的稻草把时，扯着嗓子说："老四人可好咧，久了你就知道了。"

"嗯，"秀琴说，"就是看他人好才嫁过来的……大哥人也好。"

两个人正说着呢，老六陈建业就回来了，蹦蹦跶跶地蹲在了秀琴旁边，双手托着腮帮看了好一会儿说："四嫂可真好看。"

秀琴羞怒，用草把拍了他的后背一下说："不要乱讲，怎么这么早就回来了?"

陈建业扯过一捆稻草垫在屁股底下说:"星期五啊,大半天课,没什么事就回来了。"

他把手伸进帆布背包里,笑嘻嘻地看着杨秀琴:"猜我买了什么?"

大昌子吸了吸鼻子,起身把编好的鸡窝挂了起来,刚要进屋,老六掏出两颗奶糖递过去说:"大哥,今天发工资啦。"

大昌子含着糖,进了自己的小屋,躺在炕上想着一些莫名其妙的事。

陈建业抓了一把糖放进秀琴的上衣兜里说:"我今天上课给学生讲了个笑话,把孩子们乐得够呛,你要不要听听?"

大昌子听着外边传进来的笑声,眼睛落在了墙体那个小洞上,爬起来凑近仔细看了看。

【4】

已经是腊月了,大雪一场接着一场地下。年关将近,林场的活计越来越忙,陈建设加班加点地干,计划着开春把房子修缮一下,再给秀琴添身新衣服,虽然还没怀上,但也得给孩子准备着了。

老座钟响了八下,秀琴把一锅水烧得滚烫,披上棉袄去大门口张望了一会儿,还是不见人影,嘴里开始念叨:"这乌漆麻黑的,也不早点儿下山。"

秀琴有点儿担心，拿起竹扫把，把刚落的雪又划拉了一遍，身上出了些汗，黏着衬衣不得劲儿，她进屋往脸盆里舀了几瓢水，拴好门，开始用毛巾擦拭着身子。

一只小蜘蛛在墙角漫爬，拉着蛛丝正在织锦八卦。秀琴搬过凳子，决定用鸡毛掸子把它扫下来。正经儿过日子人家，屋里结上蛛网，多少是会被人笑话的。

蜘蛛爬得很快，秀琴又把凳子挪了一下，刚要掸下去，蜘蛛就钻进了一个小洞里。她凑近仔细看了一下，发现一个眼珠正在与自己对视。

秀琴"啊"的一声，板凳倒了下去，人摔在了地上，惊动了东厢房的婆婆。陈老太敲了敲门问："大半夜你搞啥哩？"秀琴忍着疼，从炕上抓起衣服把赤裸的上身包裹起来。

突然肚子疼得厉害，忍不住哼叫几下。

陈建设进门抖了抖身上的雪，发现陈老太站在门口，愣了一下，去拉门，没拉动，再一用力，拴门的绳子就被拉断了。

秀琴捂着肚子指了指墙上的洞，陈建设看了看地上的脸盆、肥皂，和秀琴赤着的腿，转身就出去了，抓起烧火棍冲进大昌子的屋里，然后肉体与木棍撞击的沉闷声传了出来，发出了杀猪般的号叫。

陈老太拦不住，陈老爹冲过去把建设推搡开，又是一阵拳脚声："这丢人现眼的王八犊子，看今天我不打死了。"

秀琴一抬头，看见陈建业趴在门框上看着自己，眉头紧皱，眼神复杂。

她突然想起，自己身上仅有一件棉袄裹身，挣扎着再去炕上拽一件衣服时，棉袄也滑落了。

陈建业走过来，把门关上前，笑了笑，干净温暖，是一个十九岁少年发自内心的阳光与纯洁，没有一点儿邪念。

缓了一会儿，杨秀琴挣扎着把衣服穿好，扶着墙推开了门。

大昌子已经被拖了出来，躺在地上放赖，陈老爹又在他身上蹬了一脚，骂了句"孽障玩意儿"，然后蹲了下去，把他的头抱在怀里，用干枯的老手擦掉了老大脸上的血和泪。

陈老太坐在地上，拿着鞋底一下下拍打着地面，哭了起来。

除了恨，怕也觉得亏欠吧。

秀琴看着建设说："我肚子疼。"

陈建设扔掉手里的木棍来扶她。陈老爹站起身又踢了一脚大昌子说："瘪犊子玩意儿，还××装死，赶紧去套马车。"

大昌子一咕噜就爬了起来，披上棉袄戴上狗皮帽子就去套车了。

乡卫生院的值班大夫叼着陈建设递过来的烟，吧嗒吧嗒抽了两口，有点儿不耐烦地说："这都怀上两个月了，还这么不注意，想一尸两命啊？"

陈建设没反应过来，大夫瞟了他一眼说："幸好胎位正常，没什么大问题，回去养几天就好了。就没见过你们这样的，媳妇年轻不懂，婆婆呢？"

陈建设弯腰深深鞠了一躬，转身就把秀琴抱了起来，转了好几个圈才说："我要当爹了，我陈建设要当爹了……"

马车连夜又赶了回去,陈建设用棉被把秀琴裹在怀里,看着大哥佝偻着的背影,又气又恨。

秀琴趴在他耳边说:"算了,大哥也不容易,三十好几的人了,总归是亲兄弟,别传出去让外人笑话。"

陈建设点点头,把她紧紧地搂在怀里。

【5】

陈老太抓了一只老母鸡,笑呵呵地把菜刀落了下去,这一天,的确值得高兴。知道家里要添丁了,老太太当即宣布,以后的活计,不许秀琴再插手。

她端着一大碗鸡汤,吹凉后一勺一勺地给秀琴喂下。秀琴不习惯,老太太就把她摁在炕上说:"娘这辈子没闺女,以后,你是娘的媳妇,也是娘的闺女。"

秀琴点点头,笑了起来。

陈老太想了想,拉过秀琴的手,长吁了一口气说:"别怪你大哥了,要怪就怪娘和你公爹吧,家里现在饥荒还没还清,把他的婚事给耽误了。"

秀琴说:"不怪,不怪了。"

陈建业跑了进来时,喘着粗气:"娘,大哥不见了,行李也没了,不是跑了吧?"

一家人找了一下午,眼擦黑时才在一个柴草堆里发现了大昌子。他已经冻得半死了,几个人费了好大力气,才把他抬回去。

陈建业骂咧咧地说:"你要真有能耐,就死一个看看!"陈老太踢了他一脚,继续给老大搓着身子,老泪还挂在腮边。

手心手背都是肉。

寒冬终于过去了,转眼就是春耕生产。大昌子别的不行,种地干活是一把好手,一匹大黄马经管得膘肥体壮,吆喝起来就下了田。

陈建业从屋里出来,摸起自行车刚要走,就被老太太喊住了。建业不耐烦地说:"我和同学都约好了,您可别让我干活了。"

陈老太说:"没让你干活,驮你嫂子去乡里再看看,检查一下娘也好放心。"

陈建业乐呵呵地进屋里拿了一个棉垫子铺在车后座上,驮着秀琴就去了乡里。

杨秀琴问陈建业:"六儿,你那个对象处咋样了?"

建业说:"不咋样,人家条件好,他爸妈都看不上我。"

秀琴笑了笑说:"没事,要实在处不下去,嫂子给你介绍个好的。"

建业说:"好呀,要和嫂子一样好,一样漂亮的才可以。"

秀琴在后面拍了他一下,叔嫂两个没有什么芥蒂,毕竟年龄相仿,倒像兄妹。那天晚上的事,谁也没有再提。

检查结果一切正常,建业又自己掏钱,请秀琴吃了碗馄饨,两个人才回去。到家门口时,陈建设大老远就冲了过来,从自行车上背起秀琴跑了好几圈,脸上乐开了花。

婚后得子,媳妇又如花似玉,夫妻俩也恩爱互敬,所谓的幸福，大概也就是这般模样了。

【6】

时间过得很快，转眼又到了冬天。

要描述接下来发生的事情，我的笔可能会有些凌乱，我只能简单地概括一下事情的经过。

孩子出生后的第六天，发高烧，送到医院时，呼吸停止。是个男孩。

孩子夭折后的第十九天，陈建设去林场上工，一棵树锯透以后就是不倒，他去取大绳时，树突然倒了，砸在了他的腰上，当场身亡。

两个人结婚，刚满一年。

陈建设去的当天，陈老爹住进了医院，三天后，也走了。

陈老爹头七还没烧过，陈老太病倒，在医院里一住三个月，花光了陈建设的抚恤金和家里所有的积蓄，唯一值钱的大黄马也卖掉了。

人有旦夕祸福。原本幸福美满的一家人，就这样变得支离破碎。

陈老太痊愈后，找了个算命先生看了看，说是女主孤星入煞，妨主克夫。

陈老太缓缓闭上眼，一行老泪落了下来，摆摆手对秀琴说："走吧，建设已经去了，这个家跟你已经再无瓜葛。"

杨秀琴跪了下来，爬到陈老太面前说："我这辈子生是建设的人，死是建设的鬼。娘，我不走，守寡我也要在陈家守一辈子。"

老太太站起来，又坐了下去，不耐烦地说："走吧走吧，看见你我就会想起老四，你要可怜我，就离我远一点儿。"

杨秀琴站起身时，已是泪眼婆娑，进屋只拿了陈建设的几张照片。刚走到大门口，大昌子就冲了过来，拦腰抱住她说："秀琴，你别走，建设死了，是他命短，咱俩过，俺来疼你。"

杨秀琴挣扎，可大昌子越搂越紧，一弯腰把她扛了起来，进屋后把她扔到炕上，像饿狼一样扑了上去。

陈老太叹了口气，站直了身子，朝大门外走去，回身把大门反锁上，向陈建设坟头的方向望了几眼。

六个儿子去了四个，白发人送黑发人，这世间的事，已经让她心力憔悴。

老太太坐在建设的坟边念叨："老大一辈子未娶，你原谅他吧。我赶她走了，可她不走，那就由着命去吧，她要受得了这份屈辱，就和老大过。"

杨秀琴大声地呼喊着，可是大昌子已经失去了理智，疯狂地扯着她衣服，一件又一件。

杨秀琴已经不再挣扎，她耗光了最后一丝力气，两只眼睛悲凉地望着棚顶，嘴里微弱地叫着一个名字："建设，建设，来救我。"

窗外，又飘起了大雪，漫天飞舞。一只小蜘蛛从墙角爬过，扯出一条长长的线。在这样的冬天里，它是黏不到一只飞虫的，可它还是徒劳地编织着自己的八卦。

或许,这就是它的命吧,注定操劳,注定徒劳。

一行滚烫的泪水,从杨秀琴眼角滑了下来。

大昌子解开腰带,褪下裤子,正要再压上来时,一条板凳狠狠地落在了他的后脑勺上,他回头时只说了一个"你"字,便瘫在了杨秀琴的身上。

陈建业扯过一个被单,把她包裹起来,抱在怀里,一滴泪,落在了她的脸上。

杨秀琴咬住他的肩膀,直至有血流出来,才猛然惊觉,一件一件地把衣服穿上,披头散发地就跑了出去,再没回来。

【7】

岁月沧桑,人世匆忙。

2010年清明节,老师、师娘要回乡祭祖,他们的两个孩子都在美国读书,我不放心,亲自陪他们回乡下老家。

老师给过世的两位老人烧了纸钱,焚香祭花之后,又来到一座坟前。这里杂草荒芜,枯枝败叶,仅仅是一个小土包而已,却葬下了几十年的悲凉。

老师和师娘手拉着手一齐跪下,老师说:"四哥,我和秀琴来看你了。"

师娘把香点上,又倒了两杯酒说:"建设,我和建业商量着,回来盖一所房子,盖好以后就搬回来住,城里太闹腾,还是咱们这儿好，山青水绿的……"

一阵微风拂过，师娘揉了揉眼睛，站起来，看着老师说："去看看大哥吧，一晃四十年，也没什么可恨的了。"

几个黄嘴小孩围着一个老头子在唱歌："大昌子，大傻子，娶不到媳妇哭鼻子。大昌子，大傻子，松垮的裤裆装鸡子……"

我下车赶走那几个调皮的小孩，然后扶老师下车，看看师娘，她摇了摇头。

老师远远地叫了一声："大哥。"

陈建昌向上提了提松垮垮的裤裆，笑嘻嘻地说："大昌子，大傻子，娶不到媳妇哭鼻子……"

疗养院的护工出来，把陈建昌扶了回去，老师去找了院长，询问了一下他的近况。

院长握着老师的手，有些激动地说："您来怎么也不提前打声招呼呢，我这儿也好准备一下。"

老师客套几句，院长接着说："大哥在这儿挺好的，有专人护理着呢，您就放心吧。"

出来时，老师又被乡长和一群领导拦住了去路，非请老师去"坐坐"。老师委婉拒绝，他们就和老师拍了照，走出老远还在喊："陈老，您慢走。"

我的恩师陈建业，大学教授、著名学者、作家、慈善家、企业家。他的故事，师娘在回忆录里多有着墨，后来又跟我说了很多细节，我才知道原来他们经历了那么多。

陈建昌脑袋上挨了一板凳后，人就彻底傻掉了，家徒四壁，又雪上加霜，生活的重担一下子落在了老师的身上。

第二年春天，陈老太心梗突发，去了。料理完老人的后事，老师把陈建昌送去了养老院，然后就去找秀琴师娘。

几经打听，才知道师娘走了以后，并没有回娘家，具体去哪儿了，也没人知道。

就这样，老师追寻着蛛丝马迹，拿着照片苦苦寻了两年，才在北京的一家小餐馆里，找到了师娘。

他跟她求婚，她拒绝。老师没有再去逼迫，而是安顿下来，一边做点儿小买卖，一边苦读书。

兄已故，叔娶嫂，古有先例，并无不妥，只是师娘过不了自己心里那道坎。

她在回忆录里写，建业是个做事认真、不言放弃的人，苦读了七年书以后，就到大学里当了老师，自己的小买卖也变成一家不小的商铺，再后来，陆续又出了几本书。他有今天这样的成就，绝非偶然，只有我知道，他的每一步，走得有多艰辛。

替师娘梳妆时，她跟我聊起了他们的婚姻，先是陷入沉思，而后才缓缓道来。

师娘说："到北京的第十年后，他又跟我求婚，那年我已经31岁了，想想，是我亏欠陈家的，如果命运就是要这样安排，我想就接受他吧，哪怕当作是一种救赎也好。"

他们结婚那天，谁也没请，就两个人坐在家里，你一杯我一杯地喝着酒，他看着她笑，她也笑，她看着他哭，他也落了眼泪。

岁月赋予了生命过于沉重的悲伤，每一次回忆，都是对内心的洗练。庆幸的是，那样难熬的日子，他们也都熬了过来。

如同我们的祖国一样，倒溯回去，也曾满目疮痍，而如今，却也逐渐繁荣富强。

80年代改革开放，老师的生意越做越大，最后成为了行业领袖。他是个感恩念旧的人，富裕以后，把更多的精力花在了慈善、公益上，给家乡建了学校、医院、疗养院、体育场等，时时刻刻提醒自己是农民的儿子。

他经常在课堂上跟我们讲，穷则修身，达济天下，人不能忘本，老祖宗用了五千年时间，给了我们现在这样好的生活，我们要背负起时代的责任。

2015年冬天，老师在乡下辞世，葬在了陈家的墓群里，遵老师遗嘱，没有操办葬礼。他在纸上写："人活一世，草木一秋，或化沃土，或为尘埃，经其苦而得所乐，没有遗憾。"

临走之前他看着师娘说："对不起，秀琴，我先走一步了。"

师娘握着他的手，俯在他耳边说："我这一生都在与命搏，与天斗，终换得一世白头，孩子们还小，我再佑他们一程，你先走，我晚点儿就来。"

老师笑了笑，闭上了双眼，与岁月割舍，与尘世道别。

师娘在他的眉心轻吻了一下，低声地说："去吧，睡个好觉。"

一滴老泪缓缓落下，染了半个世纪的沧桑。

再也不会有人像他一样疼我了

　　父兮生我,长我育我,顾我复我,而我能做的,大概也只是站在那里看着。
　　除了信任,我再也找不出任何东西回报给他。

【1】

　　盛夏,晌午,知了聒噪地叫着。
　　我说想要吃冰激凌的时候,他笑得很难看。
　　我知道,这会让他有点儿犯难。从村里到镇里,有两公里,在37度的三伏天,想要把一支冰激凌完整地带回来,他需要有超能力。
　　可是看着他皱眉的样子,我突然心情大好,哪怕刚刚经历了一场热感冒。
　　他跨上自行车走的时候,像一阵风,以至于我忽略了他已经45岁,左腿上还有两颗钢钉。

没错，我就是故意刁难他，谁让他说，暑假如果我不回妈妈那里，要什么他都给。

可是我想回妈妈那里，我不想窝在乡下这个电视只能看中央一套的地方。我要和娜娜她们去露营，要去海边冲浪，要看新上映的电影，要吃麦辣鸡和汉堡……

他是跑步回来的，大滴大滴的汗珠从脸上滚滚而下，然后从破帆布包里掏出一个保温饭盒，冰块上放了两支冰激凌。

他像个追女孩时羞涩的大男人一样，举着饭盒跟我说："喏，冰激凌来了。"

我接过来时，他转身又跑了。我说："你干什么去啊？"他头也没回地说："自行车在半路掉链子了，我去取回来。"

那支冰激凌的名字很好听，叫"甜甜心奶油雪糕"。奇怪的是，为什么我吃的时候，总觉得很苦。

我抹了一把眼泪，笑着把两支冰激凌吃完了。

【2】

很多人都说，他是个比较二的人，放着城里优裕的生活不过，非跑回农村来过这种鸡鸣狗叫的日子。

而且，他也仅仅才45岁，还没到颐养天年的年纪。

其实，我也问过他两次，他都是笑笑说："你还小，再大一点儿就明白了。"

这是大人们最烂俗的把戏，轻飘飘一句"你还小"就能搪塞掉你所有问题,等你犯了点儿错时,再表情生动地说一句"你已经不小了",试图让你自羞自愧。

当然,大人们的秘密都比较高级,他们不但不告诉别人,连自己也骗。

我妈说:"胡思乱想什么呢,你爸回乡下是嫌城里空气不好,他总是咳嗽你又不是不知道。"

我爸说:"我和你妈没问题啊,你怎么会这么想,我们是一家人,少来离间我们夫妻感情。"

你看,这一唱一和气氛多融洽,所以,我也不忍去拆穿什么,因为我知道,他们所做的一切都是为了我。

在他们还没认识之前,就已经各自在城里打拼了,相遇相知相爱,然后结婚生了我。

我爸爸是名牌大学的毕业生,有稳定的工作和收入。我妈妈是浙江人,头脑灵活,喜经商,生意做得不错。

大约在我刚刚不用吃奶的时候,我爸就辞去了工作,做起了全职奶爸。再后来,我妈妈的公司越来越大,每天都忙得很,似乎他们也为这件事争吵过,但最后还是我爸做出了让步,一路当爹又当妈地把我伺候到小学毕业。

他很宠我,甚至连我自己都觉得有些过分溺爱,比如读小学六年级时,有一段我成绩下滑,老师觉得我出了问题,就约他到学校谈谈。

老师很严肃地说:"小夏这孩子可能有早恋的倾向,你作为家长,得多注意。"

我爸直摇头："怎么可能，她才12岁，玩得好的那几个小男孩我也都知道。"

老师很诧异："那为什么成绩一下子就滑出了前五名，这可是要升初中了，紧要关头。"

我爸笑呵呵地说："我对她能升重点初中的能力从不怀疑，再说从第四掉到第六，也没多严重，小孩子嘛，有起有落也是件好事。"

老师一脸同情地看着我说："别听你爸的，你爸比较二。"

我爸依旧保持温暖的笑容，慢条斯理地说："我不二，只是觉得每个人所擅长的领域不同。一个音乐天才数学只有7分，你能说他不好吗？有一天世界会变得很多元，每个人都会找到属于自己的位置，那个时候大家就不会为考第几名而烦恼了。"

老师两只眼睛直勾勾地看着我爸，愣在那儿哑口无言。那一刻，我觉得他超级帅，简直就是我的男神。

后来我问他："多元的世界什么时候到来啊？"

他笑嘻嘻地说："就在不远的未来。"

于是我就一直等那一天的到来，等啊等啊，却等来了他要回乡下的消息。

我觉得他骗了我，哪有多元的世界，只有多元的家庭。

我很生气，所以，他走的那天我没有送他，躲在房间里不出去，任他怎么敲门。

【3】

说实话，我是很舍不得他走的，我不喜欢保姆做的饭菜，也不喜欢一进家门时突然少了点儿什么的感觉。

可是我还小，也仅仅是一名刚考进初中的调皮孩子，很多事不是我能左右的。

从那天以后，就再没有人会在我放学时躲在门后，突然吓我一下，或者给我个小惊喜了。

对于没有送他这件事，我后悔很久，觉得挺对不起他的。事后我也跟他道过歉，可他在电话里说："你要是不能考个好大学，才是真的对不起我。"

那好吧，我去努力，时间一晃三年，我初中毕了业，如愿考进了全市最好的高中。我说我要回乡下看他时，他兴奋得不得了，还说要给我做最拿手的红烧鱼。

现在，我十五岁了，很多事都明白了。我在想，或许我才是这个四分五裂家庭的罪魁祸首，如果没有我，他就不会辞去工作，也不会和我妈妈有分歧，渐渐疏远。

看着他从远处推着自行车回来，我突然间觉得，原来，我和我妈妈欠了他太多。

他把他最好的青春给了我妈妈，又把余生给了我。

而这两个女人，却离他越来越远。

我没忍住，冲出去趴在他怀里哭了起来，他揉着我的头发说："呀，这是怎么了呢，冰激凌没吃好啊。没关系，我已经叫送货车来送了，你刚来就感冒，我也没发现冰箱是空的。"

我摇摇头说："爸，我不回去了，我留在这儿陪您。"

他笑了笑，把我领进屋里说："回去还是要回去的，开学前再走，我送你。"

我说："那您跟我一起回去，您要不喜欢住家里，可以在外面租房子住……"

他打断我说："胡说什么，一家人分开住，让别人怎么看，这乡下多好啊，青山绿水的……"

我站起来冲他喊："您就别骗我了，我都知道了，我看见你们的离婚证书了。"

他看着我，愣了一下。我说："我不小了，夏天一过，我就16岁了。我知道是我妈先提出来的，我还知道她想和谁结婚，那个叔叔每次过节都给我发红包……"

我像个小兽一样，歇斯底里，尽管我知道，我这愤怒于事无补。

他依旧浅笑着看我，低声地说了一句："别怪你妈妈，问题出在我们两个身上，都有错。"

送货车的喇叭在门外嘀嘀嗒嗒地响了起来，他一箱一箱往屋里搬东西，冰激凌、薯片、辣条……居然还有一份麻辣鸡和汉堡。

父兮生我，长我育我，顾我复我，而我能做的，大概也只是站在那里看着。

除了信任，我再也找不出任何东西回报给他。

【4】

很快暑假就结束了,他一直把我送上火车,傻笑着跟我摆手,然后又把头扭了过去。

其实,他老了,老到再也收不住眼里的泪水了。

我冲他喊:"一放假我就回来。"

他突然想起了什么,翻了翻随身的背包,掏出一个小盒子,追起来从车窗外递给我。那是一个水晶船,我八岁的生日礼物,被我打碎了,现在,他把它粘好了。

火车渐行渐远,看着手里的水晶船,我在想,不知道自己有没有能力,将他们的婚姻黏合好。

接我的是妈妈的朋友高叔叔,我问他:"我妈呢?"

他说:"她公司忙,抽不出时间,上车吧,先带你去吃好吃的。"

我摇摇头说:"谢谢您,高叔叔,我认得路,自己回家就好。"

我没理会他的错愕,大步向前走去。晚上我妈妈刚一进门就先把我骂了一通:"你多大了,怎么那么不懂事,跟高叔叔说话什么态度。"

她一边换衣服,一边又补充一句:"就不能让你回乡下,才几天啊就学这样。"

我生气,回呛她:"是,爸爸没您有能力,所以您就跟他离婚了。您现在多厉害,公司董事长,要什么有什么……"

她抓起一件衣服就朝我丢过来，红着眼圈看着我说："狼心狗肺，我这么没日没夜地忙为了谁？你以为钱那么好赚吗，你见过我陪人喝酒时有多不情愿吗，你知道每天工作12个小时有多累吗？现在好了，你们联合起来对付我……"

她越说越激动，竟然哭了起来。

我走过去，摇着她的胳膊跟她道歉。于是，我第一次，也是最后一次为他平反，就这样尴尬地失败了。

我知道，我什么都做不了，我只是一个衣来伸手饭来张口的小公主，柔弱得像一株小草。

几天以后开学时，我在电话里把这件事跟他说了，他再一次告诉我："不是你妈妈的错，这么多年，她不容易，以后别那样伤她心了。"

是的，我总是那样让人伤心，连捍卫一个完整家庭的行为，都很没有底气，更加的无能为力。

【5】

时间如同过山车一般，从我的青春里呼啸而过。高三毕业，我考到了上海读大学，然后毕业、恋爱、工作。

五年光景，就像烟云水雾一样，一晃而过。

他在电话里跟我说："带回家让我看看呗。"

我说："好，过中秋时就带回去请您把关。"

他笑着说："那拉钩，不许反悔，回来我给你们做红烧鱼吃。"

遗憾的是，在他看到自己的准女婿之前，我们就分手了。

大学三年，毕业两年，五年的马拉松长跑，最后男友爱上了一个美国妞。其实我知道，他不是爱上她了，只是她能帮他拿到绿卡，这才是叫我最恶心的。

男友出国那天，我在黄浦江边给爸爸打电话，刚接通我就忍不住哭了起来，我说："爸，我想你了……"

他说："好孩子，没事的，老爸在，天塌不了……"

第二天，我买了张机票回了乡下老家，他骑着自行车去镇上接我，把皮箱放到后座上，用绳子捆好。

我说："老爸，我想吃冰激凌了。"

他摇着头笑了笑，去给我买了一支，拍了拍车横梁说："敢不敢坐上来？"

我挑衅地看着他："您行不行啊？"

他不屑地撇撇嘴："你当我老了啊？"

于是，我吃着冰激凌，坐在他前面，时光一下子就回到了小学时的光景，那时候他每天就是骑自行车送我上学的。

下坡的时候，他大声喊："闺女，坐稳了，我要放坡了。"

他像个欧洲中世纪骑士一样，把自行车蹬得飞快。风从耳边呼啸而过，路边的白杨树一排排向后倒去。那真的很炫、很拉风，我觉得，他就是我心目中的超级英雄。

只是，上坡的时候，他下来了，满头的汗。他掏出一支烟点上，坐在路上说："累了，歇会儿，歇一小会儿。"

终究，他还是老了。

我说:"您不是答应我不抽烟了吗?"

他咳嗽了两声，笑着说:"一个人没意思时就抽两口。"

是啊，他一直都是一个人，这么多年了。

而我刚刚失去一个人十几天，就伤心得不得了。

那他呢?

【6】

他给我做了最拿手的红烧鱼，非要我陪他喝几杯。

我说:"好，喝就喝，谁怕谁?"于是三杯五盏就喝了起来。

他抹了一把额头的汗说:"其实认识你妈妈前，我也爱过一个姑娘，差点儿就结婚了，后来因为你爷爷觉得他们家家风不正，死活不同意，我们就这样分开了。"

他端起酒杯又喝了一口说:"那时候想起来就很后悔，怎么不勇敢一点儿?可是后来我就想，如果我和她结婚的话，就没有你了，你说不上就是谁闺女了，那我可不干。"

我说:"真荣幸，当初您抛弃了她。"

他尴尬地笑了笑说:"其实呢，上天就给了两个人那么多的缘分，强求不得，失去未必是坏事，从其他地方会得到更多。"

我知道，他是在宽慰我，我懂，可是想起来还是很难过。

于是，后来我和他就都喝多了。

我半夜起来时，看见他坐在院子里抽烟，就那么望着天空，不知道在望什么。

那个背影,很寂寞。

住了几天以后,他突然就病倒了,医生说,治愈的可能性不大,已经病很久了。

我哭的时候,他揉着我的头发说:"傻孩子,人哪有不老的,这辈子生了你,我就很知足了。"

后来有一天晚上,我看见他在翻一本旧相册,我想,他应该是想我妈妈了。

我给妈妈打电话,她说回不来,公司忙得很,正在谈合作。

我在电话里跟她喊,我爸不知什么时候站到我面前,摇了摇头说:"算了,她有新的家庭了,就别打扰她了。"

就这样耗了两个月以后,他走了。那天下雨,雷声很响,把我的回忆都震得轰隆隆。

我握着他冰凉的手,多希望他的超能力再次神奇。可是,超人也会老,超人要去另一个世界救人了。

我想起他说的,也许上天就给了我们这么多的父女缘分吧!但愿,来世能再见!

三七烧过以后,我整理他的遗物,发现几本手绘本,都是我小时候画过的画,还有那天他看的那本相册,里面全是我的照片,从一岁到十五岁,每张照片他都在后面写了字。

"小公主满月咯!"

"哎哟,小宝贝会爬了!"

"去幼儿园第一天，哭得真难看。"

…………

"上初中了，祝学习进步！"

"又走啦，不知道下次什么时候回来。"

我就这样翻着，翻着，像要把时光翻回去一样。

院子里的老自行车在那儿孤零零地躺着，那个夏天，他骑着它去给我买"甜甜心奶油雪糕"，像个有超能力的英雄一样，举着饭盒对我说："喏，冰激凌来了。"

喏，冰激凌来了。

我合上相册，眼泪再也忍不住流了下来。以后这冷暖人间，得我一个人走了，再也不会有人像他一样疼我了。

青红·末日危途

关于过去,我们谁都不想讲,他们只看到了我们今天的光环,受万人敬仰崇拜。可是,却不知道我们曾经历了什么。

我们曾失去家园,失去亲人,失去兄弟伙伴,甚至失去过信念和希望。

因为那太沉重,所以我们放在心里,不打算再告诉任何人。

【1】

所有的海龟都抬起了尖尖的头,他们说:"小蟹、小蟹,你那样走路是不对的,你应该目视前方,这样,就像我们这样,对,你做得很好。"

于是,我加入了他们队伍,浩浩荡荡。

这是公元2989年,人类濒临灭绝,海水逐渐干涸,森林荒芜,大大的太阳炙烤着地表,像要把一切都燃烧掉。

一只小海龟用头蹭蹭我说:"我叫莉塔,你呢?"

我抬起一只手,替她拿掉后背上粘着的一块泥巴说:"叫我小凉就好。"

她笑了笑,不知是晒的,还是原本脸就那么红。

老海龟罗西在队伍的最前面,他费力地爬上一块石头,可能被烫到了,又迅速地把脚缩回壳里,只留一个头在外面,那样子可真滑稽。

他用力地喊着:"绿地就在前面,大家加油啊,今晚一定要赶到那里。"

于是,所有的海龟发出一阵"啾啾"的嘶鸣声,气势汹汹,然后发了疯地向前冲去。

莉塔告诉我,他们要去往一个叫瑶汐的圣地,那里有蔚蓝的大海、细软的沙滩,成群的海豚在那里歌唱,还有洁白的海鸥在盘旋。

她陶醉在那片景色里,过了一会儿又低下头说:"可惜从来没有人去过,那只是一个传说。"

老罗西走过来用头蹭着她的脖子说:"那是真实的,祖先传下来的神谕是不会错的,我们都能活着到达那里。"

莉塔开心地笑了起来,紧跟着大队伍向前冲去。

我一直都是横着走路,还不习惯目视前方,可是尽管如此,我也不比他们慢。

莉塔看着我笑:"加油,小凉,我们一定会到达瑶汐圣地。"

我点点头，觉得她笑起来可真好看，正打算跟她聊聊我的故事时，一只体型硕大的海龟冲了过来，把我挤到一旁。

他看着莉塔说："不要跟陌生人说太多话，尤其是那种看上去就不像好人的。"

我急了，快速地横在他面前问："你说谁不像好人？"

胖海龟用头来顶我，说："就说你，怎么了？"

莉塔横在我的身前吼："班牙，你够了，小凉是我们的朋友。"

我没再理会那个可恶的班牙仔，默默地向前走去，突然觉得很难过。

从我出生起，我的族人们就在这恶劣的环境里，不断地死去。十几天前，海水只剩下一个小湖泊那么大时，他们强行把我送到了其他逃亡的队伍中，告诉我一直向前走，不要回头。而他们，却选择了坚守家园，我想，现在他们可能都已经……

正想着的时候，就听见老罗西在前面大喊："快集合到一起，列好防御阵型，秃鹰来了……"

莉塔拉着我说："往中间靠，快一点儿，大家会保护你的。"

我被莉塔推着，向阵型的中间走去，海龟们把头和脚都缩回来，组成了一个大大的盾牌。

我从缝隙里向外看去，身体禁不住抖了一下。十几只秃鹰在天上盘旋，寻找机会。突然，一只俯冲下来，抓起一只海龟后高高飞起，然后松手。

那只海龟落在石头上……鲜血从壳里流了出来。

秃鹰们循环往复,变成杀手和恶魔,十几分钟后,它们带着自己的战利品,飞走了。

无论你喜欢,还是讨厌,这个世界永远都是这样的残酷。每个人都跟自己说,要活下去,活下去,可是,谁也不知道下一个躺在血泊和烈日下的,是不是自己。

而你唯一能做的就是:祈祷。

【2】

天色渐渐暗了下来,乌云从四方涌起,墨泼一般地翻滚着。

一道闪电惊醒了哀伤的人们,老罗西从队伍前走到队伍后,一个一个安抚着他的孩子们。

莉塔的眼泪还挂在脸上,她问老罗西:"爷爷,我们还要走多久?"

老罗西摸摸她的头说:"快了,我的孩子。"

他突然振奋起来,大声地喊着:"胜利终将属于我们,因为我们是古老而伟大的龟族,我们的祖先曾跋涉千里寻找到圣地。"

激情再次被点燃,我跟随着小海龟们,从黑黝黝的石头缝中挤过,踏着龟裂的土地向前行进。

所谓的绿地,仅仅是还有一些水草的滩涂,但却是我们活下去的希望。所幸的是,天彻底黑下来之前,我们到达了。

老罗西说:"先在这休息,轮流站岗,半夜的时候我们出发,赶往下一个绿地。"

一连赶了几天的路,太累了,可是又睡不着,我爬到一块平坦的大石头上,回望着我走过的地方。

莉塔也爬了上来,她问:"想家了?"

我点点头,她说:"我也是,想念海水,想念沙滩,不知道还有没有机会看到浪花跳舞,涛声欢唱了。"

我问她:"痛恨人类吗?是他们破坏生态,才让世界变成这个样子的。"

莉塔摇头:"罗西爷爷说,要学会去爱这个世界,无论它是什么样子。我还记得一个人类的小男孩,那个时候他每天都会跟父亲来海边打鱼,他有一双蓝眼睛,很可爱,会跳到海里跟我们一起游泳。"

我疑惑:"可是我们族人说,人类很坏,会把我们放到火上烤,然后我们就会变成红色,成为一道美味的菜肴。"

莉塔回答不出这个问题,她和我一样,还太年轻。

班牙仔粗犷的声音在石头下响起:"螃蟹仔你下来,不要总是缠着莉塔,我知道你有什么企图。"

我跳下去,站到他面前说:"我有没有企图与你何干?"

班牙仔笑了笑:"怎么,不服气啊,要不要来一场男人间的决斗?"

"来就来,谁怕谁。"说着便开打。

他体型庞大,又有龟壳保护自己,几下就把我顶翻了。

他踩着我的一只脚,趴在我耳边说:"记住,少去招惹莉塔,不然我扭断你的腿。"

我一转身,狠狠咬住他的脖子,班牙仔一疼,猛地退了出去,留下了一点点血迹。

莉塔跑了过来,横在中间说:"班牙仔,我们白天刚刚有人牺牲,族人正面临灭绝的危险,你却在这里打架?"

班牙仔冷冷地看着我说:"最好别落到我手里,不然你死定了,一只横着走路的怪物。"

我不想理他,可是我很伤心,原来在他们眼里,我不过是个怪物。

【3】

大部队在夜里又出发了,我跟在后面,没让任何人发现,在岔路的时候,悄悄地离开。

我想,我不属于他们。

我努力向前跑着,天空上一个闪电接着一个闪电,雨滴哗哗落了下来,道路越来越泥泞,很快就陷住了我的腿,越挣扎越深。

后来,我不动了,没有力气了,有那么一刻,我觉得我可能要死了。

突然一个头伸了过来,咬着我把我从泥里拔出。

莉塔说:"爬到我的背上来。"

我犹豫了一下,还是爬了上去。我问莉塔:"你是专门来找我的吗?"

莉塔笑了笑说:"你是我朋友,我们都失去了很多,亲人、家园，我们不能再失去朋友了。"

雨水掩饰了我的泪水，老罗西也赶了过来，把我放到他背上说："孩子，我们一起去圣地。"

雷声轰隆隆，我想起莉塔说的那句"无论这个世界变成什么样，我们都应该学会去爱它"，现在，我想我能够理解了。

既然这样，做一只横着走的怪物，又何妨？

我从老罗西的背上跳下来说："罗西爷爷，我跑得快，以后我来为大家探路。"

老罗西笑了起来，说："别听那些小兔崽子们胡说，你们本来就是横着走路的。我是怕你一个人走太快，那样很危险，才让你学我们的样子走。"

是的，在这个食物极度匮乏的世界里，天上地下都是饥饿的掠食者，如果我独自前行，很难活过一天。

我抬起手，向老罗西和莉塔敬了个礼，欢快地跑到队伍最前方去探路，一种使命感和荣誉感油然而生。

天亮时，大雨停了，空气凉爽舒适，我跑回来说："前面道路平坦，安全。"

老罗西满意地点点头说："好，全速前进，趁着太阳还没热起来。"

我充满力量，又向前跑去，不远处一个熟悉的身影落在我眼里，我简直不敢相信，那是离，我最好的伙伴。

他也发现了我，跑过来和我拥抱，我们异口同声地说："你还活着，真好，然后抱头痛哭。"

过了一会儿，离突然推开我说："凉，你怎么和海龟走在一起？他们那么慢，你会死掉的。"

"不，他们都很好，很照顾我。"

离拉过我的手说："别傻了，跟我走。他们是海龟，我们是螃蟹，我们应该在一起，按照我们的速度，很快就能找到新的海滩。"

我回过头，看见了莉塔，她没有任何情绪表露；我又看向老罗西，他也没有要表态的想法。

我犹豫着，不知道该何去何从。

【4】

太阳渐渐升了起来，热浪翻滚着扑向大地。

我松开离的手说："你也该留下来，和我们一起，世界已经这样了，我们不应该再分彼此。"

小海龟们欢呼起来，似乎，他们早已经把我当成他们的一员了，老罗西露出赞许的神情，而莉塔的脸又被太阳照红了。

离用奇怪的眼神看着我，说："我是不会和海龟结伴寻求庇护的。哪怕就剩我自己，我也不会忘记自己是一只螃蟹，更不会去顺着走路。"

我看着离远去的背影，有点儿忧伤。

几只秃鹫盘旋而来，它是我们的死敌。老罗西再次布好防御阵形，我突然想起了离，我告诉自己，不能丢下他不管，他是这个世界上我认识的唯一的同类了。

我冲出去时,莉塔扯住我说:"你疯了吗,你会死的。"

我挣脱她说:"我得去找离,不然他会死的。"

老罗西走过来,用偌大的身体护住我说:"我叫几个人和你一起去。"

于是,老罗西挑了几只体型庞大的海龟,把我护在中间,向前冲去。

远远地,我看见离躲在一块石头后面,一只秃鹫正在虎视眈眈地看着他。

我冲离大喊:"快躲到这里来。"

秃鹫的翅膀动了,开始向他俯冲,我急得嗓子都快喊破了:"快点儿,再快一点儿。"

秃鹫冲下来时,离刚好冲到盾牌下面来。于是秃鹫很愤怒,疯狂地发起攻击,但是老罗西他们体型实在太庞大了,几个回合以后,秃鹫终于放弃了。

老罗西护着我们,赶紧跑回阵营。有几只小海龟已经被高高抛起,扔在了大石头上。

班牙仔伸出头,愤怒地看着我和离说:"伟大的螃蟹仔,还不是要我们去救……"

他的话还没说完,一只秃鹫就冲向了他,爪子已经搭在了他的壳上。我一着急,快速地冲了出去,狠狠地抱住秃鹫的腿,却被一起带上了天空。

这是我此生第一次上天,可能也是最后一次,实际上,我来不及去想任何问题，只是攀着秃鹫的腿向上爬，到达他的背上，然后脖子上，接近它的头部时，我亮出我锋利的螯，对准它的眼睛用力地插下去。

我飞了，自由落体，风声从我耳边呼啸而过，我在众多海龟里寻找莉塔，然后看见她的眼睛里，满是泪水。

可是，她真的很美。

再见了，莉塔，再见了……

【5】

秃鹫离开了，这一次，它们是失败者。

我醒来时，在老罗西的背上，全身都疼。

莉塔走在旁边，看着我笑，她红着脸说："你真勇敢。"

离也在旁边附和着，我笑了起来，活着的感觉真好。

班牙仔冲我深深地鞠了一躬，他说："我错了，你是个勇士，谢谢你救了我的命。但我想跟你公平竞争，我不会放弃莉塔的。"

莉塔白了他一眼，然后害羞地把头缩了回去。

这一切来得突然，去得也突然，我自己也不敢相信，原来我打败了一只秃鹫。

如果我的族人们知道，应该会为我骄傲吧！

太阳并没有因为这一次小小的胜利而变得温和，反而变本加厉。

我们继续长途跋涉，离做了先锋兵去探路，于是，我们就这样走着。后来,忘记走了多少天,只是,瑶汐圣地依旧没有到来。

队伍里又有不少人死去,或是遭到掠食者攻击,或是挨不住高温缺水。

又一次到达一块绿地时,老罗西说:"大家好好休整下吧,补充足了体力和水分,我们是不会被打败的。"

他这样说着,可是已经没有多少信心了,这一路上,我们见到了太多具尸体,他们有大象、海马、狮子、野狼……以及我们的同类。

这个世界,正在坍塌。

午后的阳光更加毒辣,每个人都昏昏欲睡。离突然从前方跑回来说:"罗西爷爷,前面有狮群,我们怎么办?"

严格来说,狮子并不是我们的敌人,可是它们现在饿疯了,蚂蚁大的肉,也会吞下去。

老罗西再一次布好阵形,以防不测。狮子们走来了,有五只,是一家,其中一只围着我们转了很多圈,然后开始攻击我们,徒劳无效后,愤怒起来,把海龟一只一只掀翻。

当一只狮子正要把爪子伸向莉塔时,班牙仔探出头在狮子腿上狠狠咬了一口,于是,他把班牙仔连续踢翻了好几下。

老罗西过去护住班牙仔,狮子就把怒火发在了他身上,把他推到一个泥坑里,用力地踩下去,一脚接着一脚,足足踩了几十脚……

狮子走了,我们所有人围了过去,眼里都含着悲愤的泪水。

那个坑太深了,老罗西躺在里面,努力地把头伸出来说:"都别哭,去赶路。"

班牙仔试图下去,可是刚迈一步,就被泥巴粘住了。老罗西怒了,他用力地喊:"都去赶路,我命令你们……"

离又跑了回来,急冲冲地说:"不好了,前面发现了两个人类。"

人类,一个有一万种方法吃掉我们的高级生物,他们创造了这个世界,又亲手将它毁灭。

老罗西彻底急了,他用最后的力气喊:"滚啊,都滚啊,还围在这儿干什么?"

离又来报,人类越来越近了。老罗西说:"莉塔是我的亲孙女,以后大家都听她的。小凉,你很勇敢,爷爷求你一件事,帮助莉塔把大家带出去,活着带出去。"

我的眼泪噼里啪啦掉了下来,我说:"爷爷放心,我一定做到,一定。"

我环顾了一下四周的环境说:"大家先躲到那块礁石后面去,动作要快。"

我们躲了起来,人类走近了,围着泥坑好奇地转了几圈后,脸上露出了得意的笑容,然后伸手把老罗西捧了出来,四处打量了一下后,有说有笑地离开了。

他们,对其他生命,有着生杀大权。

小海龟们泣不成声,却也无能为力。从此以后,他们将失去一个在面临危险时,可以护住他们的伟大身躯。

而我的心里像被什么揪住了一样,疼。

【6】

向前走,活下去,这是我们唯一的信念。

队伍重新上路,奔向远方。

我和莉塔、班牙仔还有几位长辈一起研讨了一下,决定由我和离各自带一个小队,组成探测小组,交替前进,勘探地形,这样既能节省时间,又能排除不必要的危险。同时,加强防御阵形的演练,遇到袭击时,可以快速地自卫。

就这样又走了几天,我们才发现所有的安排是多余的,因为前面环境越来越差,几乎再见不到活的生物了。

人心开始变得浮躁起来,队伍里开始有人怀疑我们走错了方向,或者根本就不存在瑶汐圣地。

流言起,人心散。

我和班牙仔爬到石头上喊:"走,或许生,或许死;不走,就是死路一条。我们现在面临前所未有的困难,大家必须团结一心。"

下面有人说:"你凭什么对我们发号施令,你以为自己是谁,一只小螃蟹而已。"

班牙仔站出来说,"放屁,忘了是谁给我们探路,谁与我们并肩作战的了?"

莉塔也站出来说:"是的,凉说的,就是我说的。愿意向前的，现在就走，团结一心，不许再有异议；不愿意走的，留在原地，与我们再无关系。"

经过一会儿沉默后，队伍又出发了。

树木全部枯死，地表再无一点儿水分，天空和大地都是一片苍白，火辣辣的太阳咆哮着，把能看见的生物置于死地。

一天、五天、十五天，传说中的圣地还没有到来，而我们却再也走不动了。

离坐在地上，看着我，突然哭了起来，他说："凉，对不起，我想我坚持不下去了。"

他的这一句话，引起了连锁反应，仅剩的一点点士气溃散无形，所有人都瘫在地上，眼角挂着泪水。

连班牙仔也问："凉，我们是要死了吗？"

我没理他的话，而是爬到他背上，仔细地嗅着空气，那个姿势很诡异，让所有人都抬起头看着我。

班牙仔问我："你怎么了，发什么神经？"

"闭嘴，别说话。"

我又嗅了一会儿说："是海，是海的味道。我们螃蟹天生嗅觉灵敏，靠气味捕捉食物和躲避危险，错不了的，是海，我们到了。"

所有的海龟沸腾了，发了疯地向前冲去，希望和信念，就意味着力量。

离用奇怪的眼神看着我问："为什么我闻不到？"

我趴在他耳边小声地说："我也闻不到，因为我们没有鼻子，我只是骗他们的。"

离绝望地躺在地上,说了句"对不起"后,就把尖锐的螯插进了自己的喉咙里。

我惊慌错愕地看着他,无能为力。

我难过,又感到悲哀。或许,我不该告诉他真相。

亲爱的伙伴,永别了。

又走了三天,还是没有海的踪迹,班牙仔好奇地看着我问:"凉,你怎么变颜色了呢?"

"是吗?"我问,"什么颜色?"

班牙仔说:"越来越红了,不过比之前好看多了。"

莉塔回过头看我,我"嘘"了一下,她的眼泪就掉了下来。

她知道,我跟她说过的,我被人类烤熟时,才会变红。不同的是,这次是太阳。

莉塔慌了手脚,走过来用身体替我遮住阳光时,我晕倒了。

蒙眬中,我有些后悔,如果我就这样死去,那就连句再见都没法和她说。

【7】

当我睁开眼时,海风徐徐吹来,海鸥在不远处盘旋,涛声阵阵,似乎在欢唱一首伟大的赞歌。

莉塔用头蹭了我一下,然后跳进了海里。我追上去,一直游啊游,直到大海的深处。

现在我是这片海域里的传说，几乎所有人都知道，有那么一只一半红色一半青色的螃蟹，他做过一些伟大的事。

我曾带着一队海龟，从一个世界到另一个世界。

在我晕倒后，莉塔把我放到她背上，让其他海龟轮流替我遮阳，就这样，等来了一场大雨，我又神奇地活了。

之后又经历了二十几天的跋涉，我们看到了真正的海，瑶汐圣地。

我和莉塔在海里畅玩，几只小海龟和小螃蟹围了过来，崇拜地看着我们。我和莉塔对望着笑了笑，继续向深海里游去。

关于过去，我们谁都不想讲，他们只看到了我们今天的光环，受万人敬仰崇拜。可是，却不知道我们曾经历了什么。

我们曾失去家园，失去亲人，失去兄弟伙伴，甚至失去过信念和希望。

因为那太沉重，所以我们放在心里，不打算再告诉任何人。